The Red Eyes

赤瞳者

01

記憶

所有人共同擁有了一個關於她的祕密，
只有她自己不知道……

晨羽——著
林花——繪

序章

早晨載滿學生及上班族的火車中，某個位於最後一節車廂的男大生，神色不安地用手機偷拍車門邊的高中少女。

少女身著制服，是最簡單的白襯衫和黑百褶裙。

扁平的五官，細小的單鳳眼，戴著土氣的粗框眼鏡，再加上滿臉的青春痘跟雀斑，少女毫無半點姿色可言，然而一頭及腰的柔亮黑髮，和纖細的身材，爲少女的背影加分不少。

剛開始男大生並沒有注意到她，直到乘客一窩蜂下了車，車廂內變得空曠，他一眼就看見原本淹沒在人群中的少女。

這一眼讓他愣住了。他移動腳步，走到少女後方，隔著一小段距離盯著少女的背影，確定不是眼花後，他驚愕地張大了口。

女孩猶如黑瀑的美麗秀髮尾端，顏色竟出現了變化。

如同月光的白金色從少女的髮尾緩慢向上「攀升」。

他連忙拿出手機錄下這詭異至極的一幕，而他偷拍的行徑也引來了身旁OL輕蔑的怒視，但年輕OL很快臉色一變，跟著留意到少女的異樣，騷動彷彿漣漪般以兩人爲中心向車廂擴散。

即將到站的廣播響起，最後一節車廂裡怪異的氣氛依舊。列車停靠在月台邊，車門緩緩開啟，卻無人下車，所有乘客的目光都集中在少女身上，手機快門聲和竊竊私語聲此起彼落。

已經蔓延至少女肩頭的白金色，令他們不寒而慄，卻又移不開視線；從頭到尾注視著窗外的少女始終無動於衷，絲毫不在意自己變成眾人議論的焦點。

少女的影片和照片很快透過網路散播出去，一名膽大的光頭男子持著正在直播的手機走近她，企圖向少女搭訕以拍攝她的正面。

就在男子的手快要觸碰到她的肩，宛若石雕的少女冷不防扭頭對上他的眼。

列車上的燈光驟然熄滅，月台瞬間一片漆黑。

乘客還來不及尖叫，一秒後便重見光明，但他們手上的手機卻失去了畫面，呈現當機狀態，沒有任何回應。

突如其來的斷電讓列車停止運作，男大生在紛亂中看見少女下了車，那名意圖招惹她的男子則癱坐在地。

他立即上前關心：「你怎麼了？」

男子兩眼失焦，面色發白，像是被嚇得無法回魂。

「她、她的……她……」

「你說什麼？」男大生擰眉。

「紅……紅色，是紅色的……」男子一身冷汗，大喘粗氣，「怪物、怪物……」

男子鬼打牆般不停重複「怪物」二字，激起男大生強烈的好奇心，鬼使神差地隨著少女衝出車廂。

他在幾分鐘後順利發現少女，少女醒目的髮色，和一路上不自然閃爍的燈光是最明顯不過的指引，她所經之處，人們紛紛停下腳步，遠遠地圍觀指點，卻不敢靠近。

一陣喝斥聲劃破四周的喧囂，戴著頭盔和面罩的藍衣警察，手持衝鋒槍從四面八方湧了進來，驅趕車站內的人群。

眾人驚慌失措地拔腿逃竄，男大生卻躲在某個美食攤櫃後方，直到尖叫和腳步聲逐漸遠去，才小心翼翼地探出頭來，望向車站大廳。

只見原本人滿爲患的車站，轉瞬剩下五十多名高大剽悍的維安特警，以及那名奇怪的少女。

特警將手無寸鐵的少女團團包圍，槍口一致對準她，死寂的空氣瀰漫一觸即發的火藥味。

男大生嚇得心跳加速。

這是……突發防恐演練？而那個女孩是恐怖分子的扮演者？但一個柔弱女學生對抗一支警隊的劇本未免也太荒謬了吧。還有，少女頭髮的變色是怎麼回事？這種特效到底是怎麼營造出來的？

吐槽歸吐槽，他仍不得不讚嘆這次的演習十分逼真，他拿出重新開機的手機，興奮地錄下這震撼的一幕。

此時，少女的頭髮已經徹底蛻變成白金色。

他放大螢幕畫面想看得更清楚，少女卻抬起頭來，視線越過重重包圍的特警，不偏不倚地穿透手機的鏡頭直視他，彷彿從一開始就知道他躲在一旁窺視。

男大生驚訝得忘記要閃躲。

少女看起來跟剛才在火車上的她，根本不像是同一個人。

現在的她哪有半分其貌不揚的樣子？容貌變得精雕細琢，宛如一尊活生生的洋娃娃。

更讓他震驚的，是少女看著他的那雙瞳眸——

「紅……紅色，是紅色的……」

灼熱感從舉著手機的左手迅速延燒至整個左半身，他甩開冒煙的手機，倒臥在地上瘋狂打滾，發出淒厲痛苦的哀號，沒多久便昏死過去。

離得近的幾名特警快步趕至男大生身旁，發現他左半邊的身體多處發黑潰爛，飄出難聞的焦糊味。

領頭的特警持起對講機報告：「目標身分確認，其爲最後一名赤瞳者無誤，完畢。」

「目標是否出現威脅性行爲?」對講機另一端回應。

「是,目標現形後持續使用能力,蓄意引起恐慌,並主動攻擊一名來不及疏散的民眾。請下指令,完畢。」

三秒後,對講機傳來冷酷的命令:「即刻狙殺,完畢。」

——〇日新聞

橫濱民宅爆炸事故　三死十二傷一失蹤

二十日凌晨三時二十六分,神奈川縣橫濱市發生一起民宅爆炸失火的意外。爆炸原因警消單位仍在調查中。這起事故不僅波及鄰近五棟民宅,造成十二人受傷,更釀成屋主一家四口三死一失蹤的慘劇。五十五歲夫婦與二十四歲長子受困屋內,不幸遭大火活活燒死,二十歲長女則下落不明。

第一章

聽見室友的呼喚前，某個聲音先一步將蕭宇棠吵醒。

「哇，我還以爲妳不打算起床了。」穿好制服的蘇盈看著蕭宇棠從床上坐起身。

「是不是又有什麼東西破掉了？」蕭宇棠聲線緊繃。

蘇盈左右張望，笑了起來，「沒有啊，該不會是妳在夢裡聽到的吧？還是連續幾次發生類似的事，讓妳產生了幻聽？」

蕭宇棠沒有回應，默默摺好棉被爬下床梯。

蘇盈擠眉弄眼地挨近她，「妳生氣了？」

「沒有。」她藉著拿取個人盥洗用品垂下頭，以長髮遮住臉。

「我知道了，今天有美國大兵的課，妳才會壓力大到做噩夢，我理解。」蘇盈說得煞有介事。

「妳想太多了。」

「逗妳的啦，那我先去上課嘍，小心別遲到了。」蘇盈拎起書包出門。

這個時間宿舍的盥洗室只剩蕭宇棠一個人。

鏡裡倒映出一雙微微泛紅的眼睛，剛才她盡可能不正眼看蘇盈，就是怕對方發現她哭過。

「該不會是妳在夢裡聽到的吧？」

夢嗎？

她確實做了夢，而且不只一次重複地做著同樣的夢。

第一次做這個夢是在兩個月前，夢裡有一張模糊的陌生面孔，她看不清楚，也不知道其高矮胖瘦，只隱隱約約覺得，那應該是個小孩子。

也不知道爲什麼，僅僅隔著迷霧看著那朦朧的輪廓，她就被一份無以名狀的濃烈情緒壓得無法呼吸，不禁潸然淚下。

她在夢裡哭得難以自抑，直到耳邊傳來巨響，將她與三名室友從睡夢中嚇醒，發現是強颱吹破寢室的對外窗，碎了滿地的玻璃，強風豪雨還不斷地灌入，室內一片狼藉。

房間沒法住人了，學校緊急將她們安置至其他空房，當舍監抱著她溫聲安撫時，她才發覺自己臉上殘留著乾涸的淚痕。室友們以爲她讓颱風嚇哭了，開玩笑說看見她的眼淚，比強風吹破窗戶的機率還低。

只有她明白是怎麼回事。

一個月前，她再次做了那個夢，並且同樣在破碎聲和驚叫聲中睜開了眼睛。

「嚇我一跳，什麼東西破了？」正在念書的蘇盈驚喊。

「天哪，是我的杯子！」陳緗緗衝到置物櫃前，眼角餘光注意到床上的蕭宇棠動了一下，連忙道歉：「對不起，宇棠，吵醒妳了。」

「沒關係。」眼底布滿淚水的她心中滿是愕然，翻身面對牆壁僵硬不動。

「喂，剛剛那是什麼聲音？」楊欣打開寢室門走進來。

「楊欣，妳送我的馬克杯破掉了！」陳緗緗哭喪著一張臉，彎身清理碎瓷，「明明就擺得好好的啊，怎麼會突然掉下來？」

「沒關係，我再送妳一個杯子就好。」楊欣體貼地安慰她。

第二次做夢的隔天，由於三樓宿舍漏水，浴室廁所將重新進行整修，部分寢室也得跟著調動，其中便包括了蕭宇棠她們的寢室。

學校將陳緗緗和楊欣調到四樓一間還有兩個空床位的房間，蕭宇棠和蘇盈則搬到五樓一間沒有對外窗的空房間，雖然房內空氣因此顯得略微滯悶，但能兩個人獨享四人房，蘇盈倒是開心地直呼賺到了。

直到現在，蕭宇棠仍與蘇盈單獨住在五樓這間寢室中，且又一次做了那個夢，不同的是，這次醒來後，沒有任何東西被破壞。

既然蘇盈說沒有聽到碎裂聲，那應該就是眞的沒有吧。蕭宇棠不免懷疑自己是不是出現幻聽，當相似的情景一再發生，很容易讓人產生慣性的錯覺。

洗漱完畢，蕭宇棠回到寢室，收拾書包時打開書桌抽屜想要拿筆記本，一個鵝黃色信封卻冷不防躍入視線，她停下手上的動作。

昨天看完信就隨手放進抽屜，差點忘了它的存在。

這是她收到的第三封信了。

寄信者名叫姜萬倩，是她的小學同學，雖然最初看到這個名字時，她完全想不起對方是誰。

宇棠，妳好嗎？

我是姜萬倩，小學五年級時因爲轉學而與妳同班，我們常玩在一起，妳是否還記得我？

自妳那年住進醫院後，就沒再回學校，畢業後更失去了妳的消息。最近我打聽到妳目前在德役念書，便提筆寫了這封信。

如果可以，我希望能見妳一面，請妳跟我聯絡好嗎？

這是我的手機號碼和LINE。

手機：0937-XXX-XXX

LINE：wanchXXX

第一封信來得莫名其妙，她翻來覆去看了好一會兒，才慢慢憶起，曾經有個皮膚黝黑、身材微胖的小女孩時常在她身邊跟前跟後，但是對方的長相她記不清了。

都斷了聯繫那麼久了，再見面有什麼意義？

她毫不猶豫扔掉了信件，沒有任何要回覆的意思，沒想到對方不死心，隔一個月再度來信。信裡姜萬倩先是慎重地道歉，希望蕭宇棠能夠原諒她的草率和唐突，強調自己是眞心想念蕭宇棠這個朋友，才想約她碰面聊聊。

蕭宇棠猶豫了一下，最後還是把信扔了。

一個月後，也就是昨天，她又收到姜萬倩寄來的第三封信，這次姜萬倩不再劈頭便央求蕭宇棠與她見面，而是在信裡詳寫許多兩人共度的往事。

……我記得妳最喜歡鵝黃色，所以特別選用鵝黃色的信封信紙寫信給妳，不知道現在的妳是不是依然最喜歡這個顏色？

我從以前就很仰慕妳，妳長得漂亮，又聰明，就像個公主，而且還待人和善，是同學中對我最好的人。那年班上舉辦派對，老師規定女生都要穿裙子赴會，知道我沒有漂亮裙子可以穿，妳就把妳最珍愛的鵝黃色蕾絲裙借給了我。

我一直都很珍惜這些關於妳的回憶。

我還記得妳是這個月生日，轉眼間我們都要十七歲了，時間眞的過得很快對不對？如果今年可以和妳重聚，不知道該有多好？

信末，姜萬倩千篇一律地留下了聯絡方式。

蘇盈敏銳地察覺蕭宇棠連續三個月收到信，昨晚好奇問她那些信是誰寄的，蕭宇棠隨口敷衍過去，不好當著蘇盈的面將信丟進垃圾桶，於是把信收進抽屜，這一耽擱便到了現在，也因此讓她注意到某個微妙的巧合——那個詭異的夢，都是在收到姜萬倩來信當晚出現的。

若說是巧合，頻率未免也太高了。

最終她仍選擇關上抽屜，暫且不理會那封信。

然而前兩次收到信還能不當一回事，自從讀完第三封信，並意識到某些問題後，蕭宇棠開始時不時想起姜萬倩在信中提及的那些過去。

楊欣注意到她的心神不寧，「宇棠，妳有心事嗎？」

聞言，一旁的蘇盈和陳緗緗也轉頭望過來。

「宇棠又在發呆了？妳今天特別心不在焉耶。」陳緗緗透過洗手台的鏡子觀察她。

「她早上就怪怪的，平常第一個起床的人居然睡過頭。我猜她大概是不想上美國大兵的課，才會故意賴床。」蘇盈說。

「宇棠睡過頭？那眞的不太對勁，生病了嗎？」楊欣伸手就要探向她的額頭。

「我沒事啦，妳們別聽蘇盈亂講。」蕭宇棠連忙否認，擱下楊欣的手，用眼神示意室友別再多嘴。

四人結伴從廁所返回教室途中，遠遠聽到校門口的方向傳來激烈的爭吵，出於好奇，便轉往聲音的來源步去。

她們到達時，已經有不少路過的學生駐足圍觀，兩名警衛正在阻擋一名企圖闖入學校的中年男子。

男子滿臉鬍碴，雙頰脹紅，用嘶啞的聲音激動咆哮：「吳德因，妳這個殺人兇手，快點給我滾出來！」

「劉先生，就跟你說校長這陣子出國，不在學校。」警衛用力架住中年男子，無奈重申。

「放屁，她一定是做賊心虛，她再不出來面對，我絕不善罷甘休！」

見到這一幕，陳緗緗皺眉，「他是誰？他爲什麼說校長是殺人兇手？」

「上個月國中部有個學弟自殺，會不會跟這件事有關？」楊欣一說，蘇盈馬上點頭道：「我知道，他叫劉治桀對吧？不過詳情我不是很清楚。」

「據說是學弟的爸媽離婚，他想留在德役，不願隨媽媽搬去別的城市，可是他爸爸不同意讓他留下，誰知辦好轉學手續隔天，他就想不開了。」楊欣分享她所知道的訊息，不經意瞄了身旁的陳緗緗一眼。

「那他就是劉治桀的爸爸嘍？這關校長什麼事？怎麼會在兒子死後一個月跑來找校長興師問罪？」蘇盈不解。

前來看熱鬧的人愈來愈多，眾人或驚愕或鄙夷的目光打斷了劉父的瘋狂叫囂，布滿血絲的眼睛一一掃過在場的每個學生。

「看看吳德因幹的好事……你們看看這些孩子的眼神！」男人抬手指向四周一張張青澀的面孔，發出痛心疾首的控訴，「吳德因就是這樣洗腦孩子的吧？就像洗腦我兒子那樣。我這輩子犯的最大錯誤，就是把我兒子送來這個鬼地方。吳德因不僅害死我兒子，還打算繼續戕害這些孩子。吳德因絕對會有報應，她一定會下地獄！」

警察帶走男人後，這場鬧劇才落幕，學生們也作鳥獸散。

「看來又是一個被父母害死的可憐人。」楊欣無奈地說。

「我倒認為劉治桀是自作自受。」蘇盈聳聳肩，「他從一開始就不應該把決定權交在父母手上。」

「一點也沒錯，是他自己笨。當父母毫不考慮他的心情，硬要把他從學校帶走時，就該意識到父母是不值得信任的。」陳緗緗冷冷附和。

楊欣若有所思，目光一轉，察覺到蕭宇棠沒有參與討論，而是仰頭定睛望向某處，疑惑地問她：「怎麼了？」

「沒事。」蕭宇棠搖頭，收回視線。

比起同情與憐憫，她們對於這件事的討論，更多的是不以為然的譴責，而且對象不是那名到校鬧事的父親，而是走上絕路的學弟。

✦

下午第一堂的武術課，換上白色柔術服的學生魚貫走進道場。

和一般的學校不同，德役除了學業外，還相當重視學生的體能表現，開設有武術課程，聘請專門的武術老師指導。

現任這位特地由國外聘請回來的武術老師，名叫史密斯，四十一歲，是美裔韓國人，來歷大有來頭。他年輕時在北京生活過，因此會說中文，高中畢業後即報考美國軍校，並一路加入美國海軍陸戰隊，服役期間曾赴伊拉克執行前線任務，擁有參戰經歷，學生們私底下都稱呼他「美國大兵」。

史密斯教學嚴厲，每年武術課被當掉的學生不計其數，但同時也吸引了一票擁有慕強心理的男學生，在校評價兩極。

史密斯在蕭宇棠就讀國一下學期時進入德役任教，基於某些原因，他一來到德役，蕭宇棠便破例提前跟著他學習武術，而其他同年級的學生則要等到高一才會接觸武術課程。多年下來，在許多人眼中，蕭宇棠在柔術上的表現已經比高年級生還要卓越，卻始終無法獲得史密斯的認同，堅持不肯讓她代表學校參賽。

蕭宇棠升上高中後，史密斯對她的嚴苛與挑剔愈加嚴重。他不僅在課堂上當著眾人的面奚落她；即便蕭宇棠在校園向他問好，他也視而不見，總是目不斜視地走過。同學們紛紛猜測蕭宇棠必定是哪裡得罪了史密斯，就連蕭宇棠自己也能感受到，史密斯確實對她抱持著某種程度的敵意。

這天的柔術課，學生兩兩一組做實技練習。其中一個男同學對招時慌了神，不小心在史密斯腳邊重重摔個四腳朝天，霎時迎來一道宛若冰箭的視線，幾乎就要射穿他的臉。

「你要是想讓自己癱瘓，可以繼續這麼摔沒關係。」史密斯不怒而威的氣勢令所有人繃緊神經，絲毫不敢懈怠。

班上沒人能與蕭宇棠抗衡，因此史密斯會找高年級的學長姊，在示範教學時與蕭宇棠對戰，並在過程中不停地挑蕭宇棠的毛病。

這天史密斯意外地沒有安排任何學長姊到課堂上，蕭宇棠以爲逃過一劫，不料仍被點名出列。

「今天我當妳的對手。這次不是練習，而是實戰。」史密斯告訴她，「妳若是不敢，現在就可以滾。」

蕭宇棠身後一片譁然，她無聲吞嚥一口唾沫，佇立不動。

才剛開始對打，她就被史密斯攫住雙手，眼前的世界頓時翻轉，整個人被壓制在地。

她驚慌失措地拍拍地板，以示認輸。

史密斯鬆手起身，冷冷地發話：「是我對妳期望太高？以為妳這幾年總該有些長進，結果連一招都擋不了。是在『那個人』的呵護下過得太安逸了？」

蕭宇棠低下頭，眼角餘光瞥見蘇盈和楊欣一臉不忍卒睹的樣子，陳緗緗更是直接別過雙眼。

後來的對戰，蕭宇棠持續敗北，一次次被摔倒在地。

她充滿漏洞的動作，洩漏了與史密斯對峙的恐慌和不安。

室內迴盪著史密斯要她集中精神的吼聲，每一聲都快震破她的耳膜。

十分鐘過去，儘管蕭宇棠仍奈何不了史密斯，然而她屢敗屢戰，在史密斯的不斷進攻中，漸漸偶爾能隔擋住他凶猛的擒拿技，體力也依舊充沛，閃躲間不見窒礙，光是這兩點就足以令眾人大感佩服。

但她終究陷入苦戰，像被困在蜘蛛網裡的昆蟲，只能等著對方隨時撲上將她吞噬。

「以後不需要妳做示範了，省得浪費大家時間。」史密斯嘴角勾起一抹輕蔑的弧度，「今後妳就乖乖聽『醫生』的話，一輩子活在他的羽翼下就好。」

聽聞這句話後，充斥在蕭宇棠內心的焦慮與挫敗，匯聚成一股怒意。

這股怒意讓她逐漸忘卻緊張，思緒變得冷靜，精神也愈來愈集中。

她聚精會神地緊盯史密斯的動作，倏地閃過他直向頸間的右手，躬身反鑽入他的懷抱，迅雷不及掩耳攫住他的手臂，並伸腳勾往他的膝蓋。

一將他摔倒在地，她打算順勢利用自身體重向下壓制，以雙腳鎖住他的頸部，徹底控制住他的行動，史密斯卻已看穿她的企圖，在她壓到身上前反勾住她的雙腳，速度之快令蕭宇棠反應不及。

眾人的尖叫聲猶在耳邊，一陣天旋地轉後，她再度被史密斯牢牢鎖在身下，動彈不得。

第二章

德役完全中學位於首都近郊，創校者是現任校長吳德因丈夫的祖父。這位財力富可敵國的創校者，同時也是位舉足輕重的政治家及企業家。由他一手打造的這所私立學校，招收的學生不是出身政商名流之家，就是學業成績優異的高材生。

從德役畢業的校友不乏副總統、市長、議員等政經界重要官員，以及任職於各大企業的專業人士，他們的孩子又複製了父執輩成長的軌跡，接續進入德役就讀，久而久之，德役不僅成爲全國數一數二的頂級貴族學校，更是國家重要棟樑和未來菁英的培育之地。

德役對學生的管理十分嚴格，爲了養成學生的自主性與獨立性，一律強制住宿。每年都有眾多渴望讓孩子贏在起跑點的父母，不惜付出高額代價，只求能將孩子送進德役，接受最好的教育，並得以自小結交權貴，建立人脈，提高未來飛黃騰達的機會。

蕭宇棠還記得，當她第一次穿上德役的紅色制服，莫名便有種強烈的桎梏感，彷彿再也離不開這座被高牆圍繞的校園。

那時候，她的同學也都是初離開父母的十三、四歲孩子，心中滿懷著不安與焦慮，毫無迎接新生活的喜悅。開學第一天，兩名男學生便因一點小事爆發口角，在教室裡大打出手，班上同學俱是不知所措，一時間無人上前勸架，還有女同學爲此嚇得臉色發白。

就在蕭宇棠遲疑著是否該尋求師長協助時，一名身著典雅藍色套裝的女人打開教室門走進來。

她沒有馬上拉開扭打成一團的男孩，而是以優雅的步伐走到講台上。

儘管這名有點年紀、氣質端莊的女人，從頭到尾都不發一語，但她的存在令現場火爆的氣氛慢慢冷卻下來，學生眼中的惶恐消失，打架的兩個男孩也在她的注視下，不由自主地收手。

她把兩個男孩叫過去了解狀況後，讓那名先出言挑釁者回座，留下另一名當事人，臉上掛彩，孤零零地站在講台前。

她問了被留下來的男孩一個問題：「你知不知道自己犯了什麼錯？」

兩個人打架，憑什麼只指責自己？男孩委屈地紅了眼眶，下一秒女人卻做出了出乎眾人意料的發言。

「你明明看到我在這裡，卻沒有開口向我求助。你沒有請求在場同學幫忙，可能是因爲今天是開學第一天，你和同學不熟，這點我可以理解。但我不一樣，我是一名大人，是學校的教職員，你看到了我，卻依然放棄求援，這個結果是你自己選擇的，不能怨怪別人。」女人眼神慈藹，循循善誘，「你不能等待別人發現你的困境，而是要主動說出來，這樣我才會知道，你其實是在向我求救。」

她溫醇的嗓音令人如沐春風，安撫了在場所有人忐忑不定的心。

「只不過，我們有時難免會不小心選中『錯的人』。假如你開口向我求助，我卻袖手旁觀，那麼我就不是值得你信任的對象。我這麼說，你能明白嗎？」

男同學聽得一愣一愣，不甚自在地頷首。

「我不主動幫助你，不懲罰欺負你的同學，還指稱你做錯了，是想讓你知道，不管錯在不在你，這世上總有人會令你受傷，包括你最親密的家人、你最信賴的朋友，都可能使你傷心失望。所以我不會問別人為何要傷害你，因為這沒有意義。今後你要在這裡學習的，是懂得怎麼選擇一個不會辜負你的人。如果你們願意相信我，我會盡一切所能，和你們站在一起。」

她輕輕摟過男同學的肩膀，抬眸凝視教室裡一張張稚嫩的面容。

「在我眼裡，你們都是世上最好的孩子，我由衷期盼這所學校的老師、同學，還有我，都是你們心裡所認定的『那個人』。」她的笑容誠摯且深刻，「孩子們，歡迎你們來到德役。」

後來蕭宇棠才知道，這個女人並不是初中部的老師，而是當時德役完全中學的副校長——吳德因。

✦

「宇棠太強了，我本來以爲妳會反敗爲勝！」

從更衣室返回教室的路上，陳緗緗仍爲蕭宇棠與史密斯的精采對戰激動不已。

「我也是，妳一將他扳倒在地，大家的尖叫聲簡直要掀翻屋頂了。能跟美國大兵鬥到這種程度，這所學校裡妳絕對是第一個！」同樣興奮的楊欣卻沒忽略蕭宇棠左臉和右手心的挫傷，「妳應該累慘了吧，要不要早退回宿舍休息？」

「還是先陪她去保健室擦藥吧。」蘇盈提議。

蕭宇棠回絕，「我自己去就好，如果下堂課我來不及回教室，妳們幫我跟老師說一聲。」

走過穿堂，她來到位於教室大樓後方，一棟爬滿綠色藤蔓的白色小屋。

還未走近，便見到兩名穿著國中部制服的女孩推門走出來。

「謝謝醫生。」說完，女孩攙扶著腳踝受傷的同伴往另一頭離去。

直到看不見兩名女孩的身影，蕭宇棠才緩步走至門前，輕敲兩聲後打開門。

身穿醫師白袍的高眺男子站在辦公桌前，回頭看見是她，視線在她受傷的左臉上停了一下。

她攤開右手，展露掌心的紅腫，「我來擦藥。」

他默默取出敷料與棉棒，讓她坐在椅子上，沾了生理食鹽水的棉棒就往她臉頰的傷口抹去。

「史密斯老師做的？」他開口。

「你怎麼知道？」

「只有他不介意弄傷妳。」

這個和史密斯一樣不苟言笑的男人名叫康旭容，是德役完全中學的校醫。儘管已經三十五歲，但他五官端正，膚色比一般男人白淨，讓他看起來比實際年齡年輕不少。

在德役學生心中，斯文的康旭容與凶殘的史密斯齊名，全校皆知兩人因理念不合，時常針鋒相對。史密斯採行斯巴達式的教學方式，學生在課堂上受傷司空見慣，他深信沒有身體無法克服的障礙，但身爲醫師的康旭容始終持反對意見，兩人常爲此起爭執。

蕭宇棠年幼時動過一場大手術，體能較同齡人差。在校長吳德因的安排下，蕭宇棠跟隨史密斯鍛鍊體能，並展現出優越的習武天賦，很快成爲史密斯重點培訓的對象。不久之後，康旭容也來到德役任職，自然而然地接管照護蕭宇棠健康的責任。

當時蕭宇棠雖表現得與一般人無異，康旭容仍多次警告她不得進行過度激烈的武術運動，只是無論是蕭宇棠還是史密斯，都對此置若罔聞。

長期過度增加身體負荷的結果，終於有一天出事了。

蕭宇棠國三那年，在一次體育課過後，被人發現倒臥在廁所昏迷不醒，在病床上躺了整整一個月才恢復意識。她陷入昏迷是在五月底左右，等她醒來，學校正好開始放暑假。

暑假結束後，返回學校上課的她，一度成為眾人的目光焦點，走到哪裡都有人在看她。

這場意外讓她再也不能投注所有的時間與心力習武，若非她堅持，甚至連校內的武術課程都沒法繼續上。然而此後，史密斯對待她的態度驟然不變。

蘇盈私下和蕭宇棠分析，她那次出事無疑是在史密斯臉上重打一巴掌，不但顯示史密斯「沒有身體無法克服的障礙」這個理念是錯的，校方更禁止史密斯再將她視為重點培訓對象，等同昭告他輸給了他最痛恨的死對頭康旭容。大家都猜史密斯把這一切歸咎於蕭宇棠，認為她辜負了他的期待，才會動不動就找她的麻煩，並且三不五時拿話影射康旭容。

史密斯如此行徑，蕭宇棠從不曾向康旭容抱怨，但她知道他心裡有數。

「還有哪裡不舒服？」

「沒有。」

他盯著她，「確定？」

「對啊。」

「那妳過來是有什麼話想說嗎？」他把棉棒丟進垃圾桶，爲她貼上敷料，「今天不是交紀錄表的日子。」

康旭容明白，蕭宇棠向來不會在乎這點小傷，也無須在乎。

蕭宇棠輕咬下唇，眼看康旭容自顧自回到辦公桌，不再搭理她，便開口說：「那個上個月在學校自殺的國中部學弟，他爸爸今天跑來學校大吵大鬧，你知道嗎？」

「不知道。」

「說來奇怪，我好像看到你站在附近教室二樓的長廊上往那邊看。」

這次他沒有即刻回應。

「妳想說什麼？」

「學弟自殺前兩個禮拜，我曾經見過他來找你，你們談了很久。」

「所以妳是來關心他自殺的原因？」

「關心倒稱不上，畢竟又不干我的事。」蕭宇棠低著頭，眼角餘光彷彿瞥見男人朝她望來，她抬首看去，卻發現是錯覺，男人依舊背對著她做自己的事。

「去診療室。」

她愣住，一陣心虛，「爲什麼？我今天量過體溫，又沒異常。」

「再去量一次。」

寬闊的保健室以一扇拉門區隔開辦公區和診療室，診療室並設有病床觀察區，每當需要爲學生做精細檢查，或是學生身體不舒服需要暫時臥床休息時，拉上門即能保護病患隱私。

蕭宇棠利用診療室內的儀器自行測量血壓和體溫，男人走了進來，看見呈現的數據，一聲不吭。

「我沒有不舒服。」她馬上聲明。

「看得出來，否則按照常理，妳現在連路都走不穩了。」他話聲中不帶情緒，「妳今天眞的有量過？」

「早上不小心睡過頭了，來不及量。」她抿唇坦誠。

「去把大門鎖上。」

自康旭容來到德役擔任校醫後，蕭宇棠便遵照他的吩咐，每天測量血壓和體溫，並記錄下來，按星期提交給他。

蕭宇棠先前動過大手術一事，全校只有康旭容、史密斯，以及主任級以上的師長知情，平時由康旭容負責追蹤她的健康狀態。

朋友只知道她小時候生過一場病，即便痊癒了仍得天天服用藥物，定期到醫院回診，但她從未透露自己吃的是什麼藥，偶爾有人問起，她都說是普通的維他命。

會刻意隱瞞，是因爲她不想再被貼上「病人」的標籤。

只要是健康的人能做到的事，她都會竭盡所能去做，甚至做得更好。這份不服輸的心思，使她每天都趕在室友醒來之前，完成身體數據的檢測，並盡量避免在她們面前服藥。

蕭宇棠鎖上保健室的門，回到診療室坐下，康旭容拉上診療室的門。

接著，蕭宇棠自動自發脫掉上身衣物，只穿著一件內衣，乖順地讓男人爲她聽診。

唯有一種情況發生，康旭容會這樣仔細爲她看診，必要時還得接受抽血檢驗，那就是當她的血壓和體溫異常飆高的時候，所以他才會要求她每日按時量測記錄。

只要體溫升至三十九度，她就必須立刻找他報到。

來到德役的第三年，也就是她國三那年，她開始發覺自己的「異常」。

那一年，她莫名發起了高燒，但她沒有任何頭暈目眩、四肢痠痛等病徵，反而隨著體溫升高，體力愈加充沛，思緒和反應變得更清晰靈敏，連身子都比平常來得輕盈敏捷。

四十度。

這是方才她測量出來的體溫，她卻精神飽滿，絲毫不受體內高溫影響，即便現在要去操場跑五十圈，她都覺得不成問題。

這也能解釋她何以能與史密斯周旋如此長時間，不斷被打倒在地，還能一再爬起，一點也感受不到疼痛，最後更爆發出意想不到的力量，差點反將對方一軍，想必就是這次高燒讓她突破體能極限，但她知道這不是什麼好現象。

她曾懷疑這是過去手術留下的後遺症，隱晦向當年為她開刀的醫師探問，卻只得到手術很成功的回答。她不敢深究，害怕被旁人用異樣的眼光看待。直到有天康旭容要她服用一種來歷不明的紅色藥錠，才解決這個令她困擾不已的問題。

自察覺自己會莫名發燒後，蕭宇棠不知嘗試了多少方法，吃了多少退燒藥，但只有康旭容提供的藥物才能讓她順利退燒。儘管高燒不會使她身體不適，卻會讓她的意識始終保持清醒，一星期不退燒，她就可以一星期都不睡覺。

康旭容對藥物的成分、名稱和作用一概不肯多說，只吩咐她發燒超過三十九度便得領取一顆，並當著他的面服下。

除此之外，康旭容還告誡她，她需要藉由這款藥物退燒，以及這款藥物的存在，都不得對外透露，若是被人得知他讓學生服用自己研發的藥品，將會引來大麻煩。

一個普通的校醫怎麼會製藥？

蕭宇棠因此對康旭容的身分背景產生好奇，但他的人就跟他製作的藥一樣神祕，她多方探聽，也得不到什麼有用的訊息。康旭容這個人的來歷，就像德役網頁上公告的教職員資訊那樣簡單明瞭，無甚出奇之處，只有她知道絕對不僅於此。

但她也只能裝作毫無所覺，她有預感，她身上的祕密，不會比康旭容隱瞞的來得小。她多次上網搜尋，卻找不到和自己相似的病例，這使得她的內心始終潛藏著一份不安。

人人都說她已經熬過苦難和病痛，恢復了健康，但只要她身體仍然持續出現異常，她就會覺得自己是不正常的。

「可以了。」

放下聽診器，康旭容走出診療室，蕭宇棠則穿上衣服。兩分鐘後，他再次回到診療室，手裡多了顆紅色藥錠及一杯開水。

在康旭容的監督下服完藥，休息了一會再度檢測，果然退燒了，同時她彷彿用盡了氣力，意識驀地昏沉，渾身肌肉痠痛不堪。方才與史密斯對打感受不到的疼痛，好似雙倍反撲在身體上。

「記得昨天體溫幾度嗎？」男人翻開資料夾，開始問診。

「三十六・八。」她低聲答。

「所以是今天才開始燒的。」他低頭謄寫，「妳是不是有什麼事沒說？」

每次她發燒，這個人都會詳細詢問她生活中發生了哪些事，卻從來不曾像今天這樣很明顯地意有所指。

「什麼意思？」

「妳最近的身體狀況一直很穩定，上次這般頻繁發燒，還是國三那年。」他澄澈的淺色眼珠隔著眼鏡映進她眼底，「我看過妳前兩個月的紀錄，加上今天，妳已經連續三個月出現發燒症狀。過去幾年，妳沒有一天忘記測量血壓和體溫。性格謹慎，作息也一向規律的妳，會因爲睡過頭忘記測量？這個說法不太能說服我。」

「你懷疑我說謊？」

「我原本沒往這個方向想，直到發現妳騙我今天量過體溫，實際上卻根本沒有。」

她啞口無言，最後吶吶地解釋：「我沒說謊，我……做了一個奇怪的夢，才會不小心睡過頭。」

「什麼奇怪的夢？」

「就是……一個小孩子。我夢到一個小孩，而且不只一次。」

她含糊其辭，儘管已然省略不提自己在睡夢中哭泣的部分，她仍覺得他大概會認爲她在胡扯，沒想到他聽得神色異常專注。

「什麼時候開始做這個夢的？」

「兩個月前吧，這個月是第三次。」

「妳記得日期嗎？」

象。

她還眞的記得，每次她從夢中醒來後，就會發燒，天天記錄體溫的她當然留有印

「包括今天，這三個月妳發燒的時間，都恰好是在做了這個夢之後？」

「嗯。」

「爲什麼沒告訴我？」

她不解，「這只是巧合吧？不過是做了個夢，跟我發燒有什麼關係？」

況且前兩次她的體溫都未達三十九度，不需依靠康旭容的藥，一天內自然退燒，身體也沒有特別的反應，她以爲沒什麼大不了。

康旭容話鋒一轉：「妳夢到的小孩長什麼樣子？」

「不知道，他的臉非常模糊，我看不清楚。」

「小孩的臉很模糊？」他尾音微揚。

「對啊。」她提起所剩無幾的精力勉強回應，「不過……我有種直覺，那應該是個男孩，大約七到九歲左右吧。」

他默然片刻，「妳做這個夢時，有沒有哪裡覺得奇怪？」

「哪方面的奇怪？」她一時沒聽懂。

「比如會突然想哭。」

她心中一驚，昏沉的意識驟然清醒，男人靠近她，緊盯著她的臉，殘留在白袍的

陽光氣味朝她撲鼻而來。

「這三個月間一定發生了什麼影響妳心情的事吧……跟妳近期收到的信有關？」見她傻住，他接著說：「別否認，這幾個月郵務部廣播的收件者名單都有妳，最近一次就是在昨天，而今天妳就發燒了。」

德役校園占地廣大，各種設施齊全，甚至設有郵局，並免費供學生申請私人信箱，方便學生領取親友寄送的物品；沒有申請信箱的學生若有郵件，則會被送至學校的郵務部門，再透過校園廣播，通知學生前去領取。

來到德役的第二年，出於某個原因，蕭宇棠不再使用私人信箱，姜萬倩三次寄信過來，她都是到郵務部領取的，她沒料到康旭容會注意這種小事。

「所以呢？」

「只要有任何讓妳覺得不舒服、會影響到妳心情的事，都要向我報告。我很久之前就告訴過妳了吧？」

「是沒錯，但——」姜萬倩的來信、夢到一個小孩子、突如其來地發起高燒，這些只能說是時間湊巧罷了，根本沒有直接關係……吧？

她不免遲疑了起來，她也意會到這些事確實對她產生了影響，例如早已塵封於記憶底層的往事，隨著姜萬倩最新一封來信，在腦海中片片段段浮現，她今天已有好幾次爲此出神。

「寄信給妳的是妳以前的同學？」

「為什麼你會這麼認為？」她訝異他的敏銳。

「總不會是家人吧？否則妳又為什麼要取消私人信箱？」

蕭宇棠面色一僵，猛然掀開棉被躺回床上，「我睏了，我要休息了。」

「對方到底是誰？」他鍥而不捨地追問。

「是我的小學同學啦。我們早就沒聯絡了，她說很希望能跟我見面聊聊，但我覺得沒必要，我跟她沒什麼好聊的。」她背對著他，悶悶地說。

「你們不是同學嗎？怎麼會沒什麼好聊？」

「都是過去的事了。」

「妳也這麼想妳的父母嗎？才會不跟他們見面，也不聯繫他們？」

她頓時圓睜雙眼，這個男人怎麼跟美國大兵一樣說話帶刺？

「你什麼都不知道，別亂下定論。」她轉過身來看著他，咬牙說道。

「我是不知道，因為妳很多事不肯告訴我。」

蕭宇棠抓著棉被，閉緊嘴巴，以免將同樣的話一字不漏地奉還給他。

「好吧，再問妳一件事。關於劉治桀自殺的事，妳了解多少？」

雖然不明白康旭容為何會這麼問，蕭宇棠還是說出從楊欣那裡聽來的傳聞。

他不置可否，又問了一句：「那妳是怎麼想的？」

「他就是個傻子！一切都是他爸媽造成的，他不該錯信他們，才導致這樣的結果。」她言詞尖銳。

「妳是不是想說他爸媽就是所謂『錯的人』？只要讓人有過一次失望，就不能夠被信任。那妳現在已經知道劉治桀來找過我，我卻沒能阻止他走上絕路，我也令人失望了，不是嗎？所以妳決定不再信任我，對我有所隱瞞，也是正常的。」

他說完便轉身拉開隔間門走了出去。

蕭宇棠一時愣住了，冷靜下來後，她才想起自己之所以過來，其實只是想見他一面。

那一天，她在保健室外聽到了他們的笑聲。

她站在門外，透過沒有關闔的門縫，看見劉治桀與康旭容相談甚歡，康旭容還伸手揉他的頭髮。

這一幕讓蕭宇棠怔忡了好一會兒。

在這所學校裡，她應該算得上是與康旭容相識最久、相處時間最長的學生，卻從未見過他這麼溫柔的一面。

那天，她在門外站了許久，最後一個人默默地走開，事後也裝作不知，一如以往地和康旭容來往，不曾開口相詢。

直到過了兩個星期，劉治桀跳樓身亡。

噩耗傳出後，她悄悄觀察康旭容，卻不見他有任何反應，好像那天他和劉治桀之間融洽的氣氛只是她眼花看錯。對於一個學生的逝去，他不在乎，也無動於衷。

然而劉父跑來學校大鬧的時候，她又不經意地發現，康旭容就站在附近教室二樓的長廊上，凝望著校門口久久不動，眼中似是帶有悲憫。

當下她才略有所感，或許這個男人不是不在意，只是沒有表現出來。

這個念頭一起，她便衝動地以治療傷口為由來找他，她想知道，現在的他是什麼樣的心情？是否確實為劉治桀的離世感到悲傷？

事發至今，她壓根沒想過劉治桀生前是否曾向康旭容求助，而康旭容是否令他失望的可能，更遑論因此認為他是「錯的人」。

躡手躡腳地爬下床，她拉開隔間門，康旭容就坐在電腦桌前專注辦公。

他面無表情的側臉，讓她後悔那些不加思索便脫口而出的話語。

「所以妳是來關心他自殺的原因？」

「關心倒稱不上，畢竟又不干我的事。」

倘若她說話不那麼彆扭，康旭容是不是也不會對她言語帶刺？而她更不會被激怒，說出更多傷人的話。

她明明只是想知道，假如那一天她沒有走開，而是直接向康旭容問起劉治桀的事；假如她沒有拐彎抹角說些多餘的話，而是對康旭容、對死去的劉治桀表達出一點點的關心，康旭容是否可能卸下心防，在她面前展露那天她所看到的笑容？

哪怕只有一秒。

✦

「宇棠，起床嘍。」

睡眼惺忪看著站在床邊微笑的蘇盈，蕭宇棠迷迷糊糊地問：「下課了？」

「對呀。上堂課妳沒回教室，我幫妳跟老師請假了。」

「謝了。」豎起耳朵留意診療室外的動靜，她輕聲問：「康旭容在外面？」

「沒有，我進來的時候沒見到他。」蘇盈開玩笑地說：「妳要不要再請假一堂？這次妳被美國大兵操得那麼慘，就算躺個三天三夜也不夠恢復吧？」

她當然不會再繼續躺下去，起身收拾了一下，她踏出診療室，外邊診間空無一人，康旭容的確不在辦公室。

蕭宇棠抿抿唇，隨著蘇盈離開。

當晚準備去洗澡時，碰上前來串門的陳緗緗和楊欣，楊欣提醒她：「小心傷口，水溫別調得太燙。」

進到浴室後，蕭宇棠對著鏡子撕下左頰上的敷料。鏡裡倒映出一張平坦光滑、沒有半點傷痕的臉。

這是發生在她身上的另一個不正常現象。

發燒不僅大幅提升她的體力和精神力，更讓她身體的修復速度明顯優於常人數倍；甚至只是體溫稍微升高，還不用到發燒的程度，她身上的皮肉傷便能在幾個小時內自動癒合。

所以過去她從來不曾為這點挫傷跑去找康旭容，因為根本沒必要，而他也一直都很清楚，也難怪他會為此起疑。

事後她才想到，應該向康旭容宣稱，自己過去保健室找他，是為了商借敷料，好遮蓋傷口，不讓其他人察覺她傷口痊癒的速度有異。

「宇棠才沒有不正常！」

氤氳水霧中，腦海深處乍然響起一聲吶喊，她不禁愣住了。

這是誰的聲音？

這聲音和她認識的人都對不上，卻又莫名地熟悉。

熱水自蓮蓬頭傾瀉而下，水蒸氣朦朧了鏡裡的影像，再也看不清，她轉過頭去，加快了洗澡的速度。離開浴室前，不忘將敷料重新貼回左頰，讓別人以爲她的傷還好端端地在原處。

第三章

隔天蕭宇棠才反應過來康旭容說的話不對勁。判斷出她在發燒，還可以說是他誤打誤撞猜中，但他怎麼知道她做了那個夢之後會情緒不穩？

想去找他問清楚，可昨天那樣不歡而散，她有點拉不下臉。苦惱之際，班上有人喊：「那個瘋子又來了！」

一群人湊到窗邊往下看，蕭宇棠與好友也圍上前，發現劉治桀的父親竟再次出現在校門口，企圖闖進校園。

「眞是的，他有完沒完？」蘇盈嫌惡地說。

「他不在乎他兒子生前是怎麼想的，卻在兒子死後跑來對校長窮追猛打，不過是想從學校撈點好處罷了，恬不知恥！」陳緗緗氣得咬牙切齒，楊欣輕撫她的背作爲安慰，苦笑著對蕭宇棠說：「這樣的大人眞的很可悲對不對？」

蕭宇棠想起昨日康旭容所言，居然無法理所當然地贊同。

忽然底下一陣騷動，蕭宇棠探出頭去，一個幹練的身影落入眼簾。

「是校長！」

「校長回來了！」

梳著整齊俐落的包包頭，一身米色套裝的吳德因帶頭，與副校長、學務主任三人，一同迎向劉父。

吳德因的現身令不少同學雀躍不已，隨著她優雅的身姿愈來愈接近劉父，喧鬧聲逐漸收斂，眾人屏氣凝神地盯著校門口看。

認出了吳德因，劉父的情緒更顯激動，不知道吳德因對他說了什麼，他冷靜下來，跟著吳德因進入校園。

同學們好奇地討論接下來會如何發展的時候，上課鐘響了。

這堂是自習課，儘管坐回座位上，但人人心思浮動，很明顯心不在焉，攤開在桌上的書本久久才翻過一頁。窗邊的同學時不時便往外看，冷不防冒出一聲驚呼，全班又蜂擁至窗前。

只見吳德因陪伴著劉父，緩步走出校園。

劉父雙肩垂下，步伐搖搖晃晃，先前囂張的氣焰蕩然無存，像是失去了靈魂，只剩下空洞的軀殼，直至步出校門口都沒有回頭。

吳德因則止步於校門口，目送劉父遠去。

目睹這一幕，大家都自然而然地認定這個男人今後不會再來鬧事了。

「校長果然厲害，她一出馬事情就解決了。」蘇盈眼睛發亮地說，身旁的男同學也興奮地高喊校長萬歲，一時間，整棟大樓的學生紛紛響應，完全不顧現在是上課時間，樓上樓下一片歡呼聲。

陳緗緗更是激動地抓緊楊欣的手臂，眼底盈滿對吳德因的崇敬。

吳德因一臉意外地仰頭看著他們，笑了笑，手比愛心回應。

楊欣不禁噗哧笑了出來，「校長好可愛喔！」

在一片讚揚吳德因的聲浪中，蕭宇棠有些愣怔出神。

若不是因爲康旭容，現在的她必定也將爲吳德因喝采，不會在意那個害死自己兒子的男人。

若不是因爲康旭容，現在的她就不會去猜測，康旭容是否也跟她一樣，默默望著劉父淒然離去的佝僂背影，直至再也看不見？

「那妳現在已經知道劉治桀來找過我，我卻沒能阻止他走上絕路，我也令人失望了，不是嗎？所以妳決定不再信任我，對我有所隱瞞，也是正常的。」

若不是因爲康旭容這段話，她不會如此耿耿於懷，導致在史密斯的課堂上分心，並被他當場抓個正著。

上週差點成功反擊史密斯，這週她本該更加謹慎戒備，以防史密斯乘隙找碴，她卻在他眼皮子底下大剌剌地走神了！她懊惱不已，沒想到史密斯發現後什麼也沒做，只吩咐她指導幾位女同學的動作就輕輕放過，令大家備感意外。

「他今天吃錯藥？還是怕像上次那樣，一不小心就眞的輸給妳了，所以變得安分了？」蘇盈的疑問，讓一心掛念康旭容的蕭宇棠，留意起史密斯的反常。

整堂課下來，史密斯不再一直找她麻煩，卻也沒正眼看她，就像當她不存在，然而她不但沒有爲此鬆一口氣，反倒覺得莫名煩悶。

幾天後，她一如往常將體溫紀錄表交給康旭容。

「可以了。」康旭容看了看，確定數字沒有異常後，就坐回辦公桌做自己的事，留下蕭宇棠傻在原地。

經過上次說謊被拆穿，她以爲這次他會花點時間確認她是否如實測量體溫和血壓，並且關心她還有沒有再做同樣的夢，這樣她就能順勢打破兩人之間的僵局，問出這幾天一直想問他的問題。沒想到他不僅提都沒提，甚至連最普通的問候也無。

他埋首案前的身影，讓她聯想到史密斯對她的無視。

晚餐前的空檔時間，蕭宇棠途經武術社教室，聽到裡頭傳來練習聲。

她不由得停下腳步，走上前去。隔著窗戶，她看到史密斯正在監督學生做實戰練習，不時開口糾正學生的動作，一幕幕皆是她再熟悉不過的場景。

蕭宇棠看得入神，呼吸不自覺與裡頭的人同步，彷彿自己此刻也在史密斯的注視下勤奮練習。

「宇棠！」社團學姊小町從教室走出來，又驚又喜地說：「妳怎麼來了？」

「我剛好路過。」蕭宇棠露出自然的微笑。

「嘿嘿，我聽說了，妳在柔術課上擊敗美國大兵，將他狠狠摔了個四腳朝天，他還流鼻血了。」

沒想到謠言傳得如此離譜，蕭宇棠連忙澄清：「沒這麼誇張啦，要是美國大兵聽到——」

「他早就聽到啦！這麼精彩的八卦，大家怎麼可能放過討論的機會？偏偏我們說的時候沒注意到他也在場……幸好他沒發飆。」小町俏皮地吐舌。

「眞的？」

「對呀，他以前很常在我們面前數落妳，這次聽到我們在背後說妳有多厲害、把他摔得有多慘，他居然沒有惱羞成怒，表情還滿平靜的，很奇怪吧？」

是挺奇怪的。

蕭宇棠一時也無心多想，與好一陣子沒見的小町熱絡地聊起其他話題，小町興奮地告訴蕭宇棠，今年她終於獲得柔術比賽的參賽資格了。

小町感慨地嘆了口氣：「要是妳也能參加比賽就好了，當年因爲那件事就要妳退社，對妳太不公平，就算那場意外使妳變得……」

話說到一半，她忽然打住，滿臉懊惱。

蕭宇棠一頭霧水，「變得怎樣？」

小町略微慌亂地搖頭，「我的意思是，妳不能繼續留在武術社實在太可惜了。我差不多該回去練習了，不然美國大兵又要罵人了，我們下次再聊！」

說完她便匆匆踏進教室。

小町突兀的舉措令蕭宇棠感到困惑。

等到社團時間結束，最後一個學生鎖上門離開武術教室後，蕭宇棠又折返回來，找到一扇沒上鎖的窗，俐落地爬進去，抱膝坐在角落。

她沒有開燈，靠著窗外映射進來的光線，環視這個曾經讓她找到歸屬感的地方。德役只有高中部成立武術社，她卻從國中就破格加入這個社團，每週自國中部跑來這裡上課的情景，至今仍歷歷在目。

她想起十三歲那年初見史密斯，便為他威風凜凜的身姿所震懾。

對當時的她來說，史密斯就是強悍的象徵，她打從心底敬畏他，卻也深深憧憬著他。

那是她第一次參與武術社的課程，許是擔心年紀較小的她不能習慣，還有一名女老師陪同她前來。下課後，史密斯卻將蕭宇棠一個人單獨留下。

蕭宇棠滿心惶恐，不明白他要做什麼。

「剛才在課堂上，妳從頭到尾都在盯著我看。」史密斯的聲音不慍不火，「有話想對我說？」

她直覺想要否認，然而頂著史密斯灼灼的視線，她無法說出違心之言，只能老實點頭。

「我想問……」她抓緊衣角，囁嚅地問：「要怎麼樣才可以像老師一樣厲害？」

聞言，美國大兵突然俯下身來，眼神與她平視。

「為什麼？」儘管只是一句簡單的問話，他的強勢卻讓人不敢有所隱瞞。

「因為我想變厲害，這樣就可以保護我想保護的人。」她稚嫩的嗓音雖然隱含顫抖，卻無比堅定。

「妳想保護誰？」

蕭宇棠一個恍神，剎那間似是有一絲不確定。

「我弟弟……」

史密斯定定地看著她，「那麼，為了保護妳弟弟，碰上再艱辛、再痛苦的事妳都能忍耐嗎？」

她終於有勇氣望入那雙猶如黑潭的眼睛，嗓音裡的顫抖消失了：「能！」

陽光穿透樹葉間隙灑進教室，照亮了史密斯的身影。

他臉上光影浮動，有那麼一刻，蕭宇棠產生了這個人對她微笑的錯覺。

從那天起，蕭宇棠就跟在他的身邊習武。

即便這個男人的嚴厲嚇跑了不少學生，但蕭宇棠一路咬牙堅持下來，而且十分享受其中。

加入武術社後，她在這所學校才眞正有了生活重心。緊鑼密鼓的體能訓練讓她每天累得倒頭就睡，沒力氣爲了某些事傷心，也沒空胡思亂想，一心只想著更快跟上史密斯的腳步。

習武的第三個月，她做到了一個對初學者而言頗具難度的動作。

「做得很好。」

聽到鮮少讚美人的史密斯這麼說，她簡直不敢相信自己的耳朵。他的肯定令她開心許久，從此花費更多心力在練武上。

史密斯無疑是改變她最多的人，因爲他，她愛上了武術，從中看見自己的成長與進步，更找到自己「重獲新生」的意義。

這樣的她，明明比任何人還要努力，卻因國三那場意外，失去好不容易擁有的一切。

她的生活意義，她的人生重心，她的自尊和驕傲，全在她被迫離開武術社後化爲烏有。

她曾經為此怨恨康旭容，若不是他的反對，學校不會強制她退社，史密斯也不會因此放棄她。她知道這是遷怒，她最氣的還是她自己，是她的身體太沒用，是她沒有完成對史密斯的承諾。

然而那場意外帶來的厄運不僅於此。

她的身體開始出現異狀。

當時她被發現昏倒在學校廁所，過了整整一個月才醒來，醒來之後，又因為不間斷的高燒夜不成眠，像是有人在她體內放了一把火，痛得她撕心裂肺，只要閉上眼睛，就有無數道紅光在眼前瘋狂旋轉。

同時她的五感變得異常敏銳，所有感官知覺被放大數倍，徐徐微風在她耳裡如同颶風肆虐，他人正常分貝的談話聲是足以震碎她耳膜的巨響，一點冷熱的變化都會令她承受不住，導致她最終只能被隔離在康旭容的家裡，獨自和身體各種不適反應對抗。

那段生不如死的日子，康旭容是唯一守在她身邊的人。

即便每天都費盡心力和體內高熱搏鬥，過得渾渾噩噩，無法具體感受時間流逝，她仍下意識想要回到校園，回到武術社的道場上。當她身上溫度稍退了些，難得可以保持意識清晰，才知道時序來到八月，學校早已放暑假，她詢問康旭容，自己何時能夠返校參加武術社的暑期訓練，還抱怨著這麼久沒訓練，身手肯定變生疏了。

康旭容沒有正面回答，只是讓她安心養病，別想太多。她心生不好的預感，再三追問下，最後才從康旭容口中得知校方勒令她退出武術社的消息。更讓她心灰意冷的是，連史密斯也不肯再接受她，甚至表明不想在道場上看到她。

她受到莫大的打擊，她不明白事情爲什麼會變成這樣？爲什麼她得又一次承擔失去？

當天深夜，她被陡然升高的體溫燒得渾身是汗，在床上痛苦打滾，卻已無心抵抗。康旭容被她房間的動靜吸引過來，她勉強睜開眼睛，依稀能看到他站在床邊看她，隨後又離開了。

不知道過了多久，康旭容扶起癱軟無力的她，餵她喝了一杯如水般透明無味的液體，沒過幾分鐘，她感覺到腦中揮之不去的紅光已然退去，雖然依舊四肢無力，身體卻明顯輕鬆了起來，那伴隨高溫禁錮著她的「力量」，徹底消失無蹤。

只是她彷彿仍深陷噩夢之中，緊閉雙眼，眼淚不斷從眼角溢出。

這一刻，所有藏在心裡的委屈排山倒海而來，她再也壓抑不住。

復原了又如何？她已經一無所有了。命運對她太殘酷，給了她希望之後，轉眼便將她推入更深的絕望裡。

早知最終結果如此，還不如死在過去。

她心神俱疲，昏昏沉沉半夢半醒間，流著眼淚喃喃地說：「我做錯……什麼？爲什麼我會……變成這樣？爲什麼我又被……拋棄了？我眞的好痛苦……好害怕，我好怕……」

不見邊際的黑暗裡，有隻溫暖寬厚的大手，一遍遍溫柔撫過她布滿冷汗的額頭。

「我知道。錯不在妳，妳沒有做錯任何事。妳沒有被拋棄，我在妳身邊，今後不管發生什麼事，我都會守著妳。不要怕。」

宛如誓言的承諾，讓蕭宇棠漸漸停止哭泣，安然沉睡。

儘管康旭容從來不曾在她清醒時說過類似的話，但她很清楚，那一晚，那席溫柔的話語，不是她的錯覺。

學校的晚鐘打斷了蕭宇棠的思緒，她從回憶抽離，緩緩站起身，最後環顧了一眼社團教室。

從那天到現在，她已經習慣有康旭容的日子。

他說過不管發生什麼事都會守著她，只是她好像令他失望了，若不做點什麼，他們之間的裂痕可能再也無法修補。

如果連康旭容都放棄她，她不曉得往後的日子該如何度過。

她要怎麼做才能避免這種結果？

……或許，從和姜萬倩聯絡開始？

幾經思量康旭容那天話裡的意思，她知道他不希望她一直逃避下去，不論是面對過去，還是……她不願提及的家人。

然而有些事，現在的她還沒有勇氣碰觸，也只能先從姜萬倩的來信著手了。

另一方面，連續三次的「巧合」，也使得她不敢再輕忽。雖然不確定姜萬倩的信，與她夢見的那個男孩有什麼關聯，但夢裡那種無以名狀的濃烈悲傷，無論如何她都不願再經歷一次。

只是天人交戰許久，她終究還是無法勉強自己去見一個她根本不想見的人，於是她決定用LINE好好向姜萬倩說明清楚。

回到宿舍後，蕭宇棠找出信件，加了姜萬倩的帳號。像是隨時守在手機前似的，對方立刻接受了她的好友邀請。

她才打下第一個字，姜萬倩便丟過來一連串訊息。

「眞的是宇棠嗎？」

「謝謝妳，好高興妳終於願意跟我聯絡了。」

「我們可以見面嗎？妳願意跟我見面嗎？」

「我眞的好想再見到妳，我有非常重要的事想跟妳說。」

「妳什麼時候有空？日子妳來挑，我都可以配合。」

「妳過得好不好？吃過飯了嗎？」

蕭宇棠不知所措，不曉得要怎麼拒絕對方的熱情。

這時蘇盈冷不防拍了下她的肩。

「看什麼這麼專心？叫妳都沒回應。」蘇盈一回到宿舍，就看見蕭宇棠握著手機發呆，忍不住上前探看，而後對著LINE對話框裡的一整排訊息失聲驚呼：「這誰呀？傳那麼多訊息過來，妳怎麼一句話也沒回？」

「對方一句接一句，根本來不及回。」

蘇盈笑得曖昧，「有人在追妳？」

「不是，是我的小學同學，一個女生。」不想透露太多，她輕描淡寫地說：「她想跟我見面，我正打算回絕她。」

「爲什麼？妳討厭她？」

「我只是不覺得有見面的必要。」她簡略地回。

「可是我看她的態度很急切，妳難道不會好奇她想跟妳說什麼？」見蕭宇棠沉默不語，蘇盈彈了一記手指，「不然這樣，妳推說最近要考試，只有考完的那個週末才能出去，而且妳已經有約，如果她不介意有別人在場，妳就同意見面，要是事情很急，就請她用LINE直接說。這麼明顯的藉口，我不信對方不會知難而退。」

雖然有點狡猾，但不失爲一個好辦法。

蕭宇棠點頭，「感覺有用。」

「絕對有用啦，相信我！」

蕭宇棠按照蘇盈的指導回應，不到半分鐘，對方就回傳了一條訊息。

「好啊，當然沒問題！那我們就約妳考完試那週的週六見嘍！妳再跟我說確切的日期。」

姜萬倩毫不猶豫的回覆讓兩人頓時傻住。

「怎麼會這樣？」蕭宇棠臉色一白。

「我只能說妳這小學同學不是故意裝傻，就是個不會察言觀色的奇葩。」蘇盈也很尷尬。

沒料到最後弄巧成拙，爲了表示歉意，蘇盈自告奮勇陪蕭宇棠去見姜萬倩。

知道蘇盈是好心，蕭宇棠也沒有怪罪她，但心情還是很差。

多想無益，蕭宇棠決定將此事暫時拋諸腦後，正打算坐下來複習功課，突然想起一件事，她問蘇盈：「我要去跟楊欣借化學筆記影印，需要幫妳也印一份嗎？」楊欣是她們四個人中功課最好、最擅長作筆記的，每到考試週，她的筆記總是特別搶手。

蘇盈二話不說就嚷道：「要要要，那我去買飲料，也幫妳買一罐！」

她失笑，「妳買給楊欣就好。」

來到四樓楊欣和陳緗緗的寢室外，蕭宇棠舉手要敲門，卻發現門是虛掩著的。

「我愛妳。」

那是陳緗緗的聲音。

蕭宇棠小心地從門縫中往內看去，只見陳緗緗坐在楊欣的大腿上，而楊欣環抱陳緗緗的腰，兩人耳鬢廝磨，笑容甜蜜。

「宇棠，妳在幹麼？」捧著好幾罐飲料走過來的蘇盈隨口一喊，蕭宇棠嚇了好大一跳，同時聽見寢室內傳來椅子的碰撞聲。

楊欣很快便來應門，若無其事地朝門口的蕭宇棠和蘇盈笑了笑。

「妳們怎麼來了？」

「嘻嘻，我們想跟妳借化學筆記。」蘇盈遞給楊欣她愛喝的葡萄汁。

「下次再加一包零食會更好。」楊欣滿意地去拿筆記，蘇盈也大剌剌地走進寢室跟陳緗緗聊天。

「宇棠，能不能麻煩妳現在就先拿去影印？我晚一點還要用。」楊欣不好意思地說，並制止了聞言就要跟過來的蘇盈，「妳們繼續聊，我和宇棠一起去就好，剛好我的立可帶用完了，想順便去買。」

結伴去過學校附設的書局和影印店後，楊欣邀蕭宇棠去宿舍頂樓看夜景。

這棟樓又不高，哪有什麼夜景好看？打從楊欣隨她一同出門時，蕭宇棠心裡便有了底，這些不過都是楊欣想與她私下談話的託詞。

果然，當兩人站在頂樓圍牆前，楊欣支支吾吾地開口：「宇棠，妳來找我時，是不是看到了什麼……」

「嗯，我聽見緗緗說她愛妳。」她坦承不諱。

「聽到蘇盈叫妳那一聲，我就猜妳可能已經站在門外有一會兒了……唉，是我太粗心，沒發現門沒關好。」楊欣懊惱咬唇，注視蕭宇棠平靜的面容，「妳不驚訝嗎？」

蕭宇棠直視著楊欣充滿擔憂的眼睛。

眼前的楊欣身高一百七十三公分，留著俐落短髮，長相中性，有著女孩的秀氣，又帶有一絲男孩的帥氣，個性體貼好相處，且成績優異，兩年前以第一名成績考進德役高中部，身邊從不乏仰慕者。

「我爲什麼要驚訝？我很早就察覺到妳對緗緗特別溫柔，眞要說的話，妳們會瞞著我和蘇盈，比較讓我意外。」她遲疑了下，「還是蘇盈早就知道了？」

「不，只有妳知道。」楊欣搖頭，「宇棠，能不能別讓緗緗知道妳發現了？然後也別告訴蘇盈。」

「爲什麼？就算妳們公開戀情，頂多也只是不能住在同一間寢室，爲何不大方承認？」蕭宇棠納悶。

對所有學生一視同仁的吳德因，在晉升爲校長那年，特別明文規定，嚴禁任何傷害同性戀學生及老師的行爲，嚴重者將記大過處分；若是老師帶頭歧視霸凌，懲罰就更重，甚至直接革職，永遠不再被德役錄用。

一位現任校長公然庇護校園內的同性戀情，讓外界對吳德因的評價十分兩極。有人歌頌她是眞正的教育者，卻也有人批評她是教育界的毒瘤，但再多的詆毀和惡意的謠言，都阻止不了許多父母將孩子送進德役的決心。

蕭宇棠無法理解，既然校方態度如此開明，爲什麼楊欣要躲躲藏藏的，連對她和蘇盈都要隱瞞。

「我也不想隱瞞，是緗緗她不願意公開。」楊欣娓娓道來，「緗緗國二時交過一個女朋友，對方父母發覺後，就強迫她們分手，逼緗緗前女友轉學，還說後悔讓她來德役念書。」

聞言，蕭宇棠不禁想起劉治桀父親傷心憤怒的控訴，他也和緗緗前女友的父母一樣，宣稱悔恨讓孩子來到德役，當時陳緗緗對劉父的控訴顯然相當不以爲然，這應該與她的這段過往有關。

楊欣接續說道：「一旦我們交往的事傳進雙方父母耳裡，誰也不能保證我們不會被逼著轉學，校長能保護我們在德役自由戀愛，卻不能改變家長的偏見。所以緗緗說，只有等到成年，父母再也無法控制她，她才能放心將我們的感情攤開在陽光下。」

蕭宇棠與蘇盈、楊欣、陳緗緗三人，是在高一成爲同班同學以及同寢室友之後，才逐漸熟稔起來，而陳緗緗從未提起過自己的這件傷心事。

「不告訴我和蘇盈，是因爲不相信我們嗎？」蕭宇棠問。

「嗯，但她是有苦衷的。當年，是緗緗最信任的朋友告的密，只因爲一點小爭執，緗緗站在前女友那邊，說了朋友幾句，那個人便偷偷拍下緗緗和前女友接吻的照片，寄到緗緗前女友父親的公司，鬧得眾所皆知。」楊欣聲音漸漸低沉，「緗緗前女友父母來學校找麻煩時，是校長出面調和，但不論是緗緗父母還是她前女友父母都不領情，並將過錯推到校長身上，怪校長教壞孩子……最後緗緗留下來了，但她前女友轉學後，就沒再跟緗緗聯絡了。」

蕭宇棠嘆了口氣，這就是陳緗緗爲何幾乎是盲目崇拜著吳德因的原因吧，自始至終只有吳德因支持她、保護她。

「那個背叛緗緗的朋友呢？後來怎樣了？」

冷風正好吹來，楊欣面色微僵，肩膀輕輕一顫。

「當然絕交了，緗緗當面揭穿了她，和她反目，後來那個女生也離開了德役。」

「我了解了，我不會說出去的。」蕭宇棠頷首，對上楊欣感激的眼神，她難掩好奇，「其實妳不用跟我解釋那麼多，妳大可說緗緗就是不想讓別人知道，那樣我也不會再過問。」

「因爲妳能諒解。」楊欣揚起連女生都會怦然心動的笑容，「妳不會因爲朋友的隱匿而不高興，妳會尊重並體諒我們的決定。儘管才認識妳一年多，但在所有朋友裡面，我覺得妳特別不一樣。」

「怎麼說？」她略感意外。

「嗯……就是雖然妳也是從十三歲就離家來到德役念書，但妳有某些地方與學校其他人不同……啊，妳曾經跟著美國大兵習武多年，聽說習武之人性格比較沉穩堅定，會不會是因爲這樣，所以比較不容易受到外界影響？」

「妳到底在說什麼？」蕭宇棠噗哧一笑，不是很明白楊欣話裡的含義。

楊欣也笑，「我一時也很難說清楚，但能確定的是，妳是我在德役最喜歡的朋友。我希望不管過多久，妳一直都是這樣的妳。」

「哇，妳眞是，這種撩人的話說給緗緗聽就好！還有，下次放閃注意一下場合，別忘了妳們還有其他室友。」

「如果也能像妳和蘇盈一樣，只有我們兩人住一間就好了。」楊欣豔羡地嘆了口氣。

蕭宇棠依照約定，把楊欣和陳緗緗的祕密放在心底，並且緊接而來的段考，以及和姜萬倩訂下的約會，也讓她無暇多想。

中間去了一趟保健室，將紀錄表交給康旭容，蕭宇棠忍不住開口道：「之前跟你提過，那個寫信給我的小學同學，我們週六會碰面。」

察覺到男人望過來的視線，她盡可能故作從容，「以防萬一，我想跟你拿一顆藥帶在身上，要是我突然發燒，沒有藥會很麻煩。」

「妳要外宿？」

「沒有。」

「那就不用，如果發燒就回來找我，我都會在。」他一句也不多問，拿走紀錄表便不再理睬她，蕭宇棠原先的期待轉瞬落空。

她都為了他，違背自己的意願答應與姜萬倩碰面了，這個人還是一副冷漠的態度，他就對她這麼失望？

她咬唇就要轉身離去，卻聽到他出聲喚她。

「宇棠，有什麼事，隨時聯絡我。」

說話時康旭容沒有抬頭，依然埋首桌前。

她呆站在原地片刻才離開，原本沉重的步伐頓時轉為輕盈。

前一秒才為他的淡漠難受失落，下一秒就因他這句叮嚀無比安心。

如此輕易為這個人的一句話動搖，真傻。

週六下午一點，蕭宇棠和蘇盈來到一間咖啡店門口。

「眞的不需要我陪妳？」見蕭宇棠點頭，蘇盈無奈妥協，再次向她確認昨晚說好的流程，「妳進去後，向姜萬倩把想問的事問清楚。我在附近的商店街逛逛，三十分鐘一到，我就來接妳，OK？」

「知道了。」她又不是小孩子了，但好友的關心，蕭宇棠還是很受用。

進到店裡，報上了名字，服務生領著她走到最角落的桌位。

一名染著醒目橘色髮色的女孩坐在那裡。

蕭宇棠出現時，她猛然站起，差點將桌上的水杯打翻。

橘髮女孩驚恐的表情大大出乎蕭宇棠意料之外，她應該就是姜萬倩吧？但爲何她的反應會和先前傳訊息時的興奮截然不同？

蕭宇棠小心翼翼打量她，「姜萬倩？」

橘髮女孩死死盯著她的眼睛越發瞠大，並多了一分困惑。

約莫過了一分鐘，橘髮女孩緩緩地點了點頭，隨著蕭宇棠落座，她彷彿受到重大打擊，整個人癱坐在椅子上，視線卻未曾轉移，依舊黏在蕭宇棠臉上。

清清喉嚨，蕭宇棠開門見山道：「抱歉，我今天和朋友有約，她等一下會過來，所以我沒辦法待太久。」

「嗯，我明白。」姜萬倩神情恍惚地應了聲。

她的嗓音極其粗啞，像是老菸槍才有的聲音。蕭宇棠不禁有些驚訝，這與她印象中的姜萬倩差距太大了。

在今天以前，蕭宇棠已經回想起更多小學時的事，當然也包括那個黑黑胖胖、喜歡跟在她身邊的女孩。

但眼前這個人，手指擦著黑色指甲油，一臉濃妝卻遮掩不住濃重的黑眼圈和粗糙的肌膚，身材瘦弱，皮膚蒼白無血色，即使穿著厚外套，仍能看出她身上沒幾兩肉，幾乎是皮包骨的身軀活像是厭食症病患，和蕭宇棠記憶中的她完全不像是一個人。

「妳有什麼重要的事要說？」蕭宇棠切入正題。

姜萬倩回過神來，歉然一笑，「這個……可以等妳朋友來再說嗎？」

等蘇盈來？爲什麼？

這時店員送上熱騰騰的水果茶，姜萬倩囁嚅道：「這家店的招牌是水果茶，非常好喝，我覺得宇棠會喜歡，所以自作主張先點了一壺，妳喝喝看。」

蕭宇棠尷尬地端起杯子，可惜味道再好，此刻的她也無心享用。

但她仍勉強啜飲了一口水果茶，接著重申道：「我朋友一到，我就必須離開了，有什麼事妳就快說吧。」

「那件事很重要，無論如何我都要向宇棠確認。」

「那妳就說呀。」

「我會說的，再等一下下就好，拜託了。」

蕭宇棠感覺莫名其妙，不懂姜萬倩在耍什麼花招？然而再三催促，姜萬倩又避而不答，且蕭宇棠發現，姜萬倩始終有意無意迴避和她對看，卻又趁著她垂首喝茶時，抬眼偷覷，待她看過去才慌忙轉移視線。

蕭宇棠愈來愈沒耐心，又不想和姜萬倩多說，索性放棄與姜萬倩周旋，一心等待好友到來，看看姜萬倩究竟想要做什麼。

姜萬倩突然打破沉默，問了一句匪夷所思的話。

「請問，宇棠還要多久才會到？」

蕭宇棠錯愕，「妳在說什麼？我就是宇棠啊。」

姜萬倩不敢置信，「妳是宇棠？」

「妳在跟我開玩笑嗎？」蕭宇棠變了臉色。

這是什麼情況？整人大作戰？

所以，姜萬倩遲遲不肯說出約她見面的原因，居然是以爲她不是蕭宇棠？這也太荒謬了吧！

「開玩笑的人是妳，宇棠長得根本不是妳這樣！」姜萬倩反過來指責她。

「幾年沒見，妳都跟以前不一樣了，怎麼能斷言我應該要長怎樣？我才要懷疑妳是不是眞的是姜萬倩，還是只是假藉姜萬倩的名義對我惡作劇？」蕭宇棠心中湧現怒氣，忍不住語帶諷刺。

姜萬倩急忙搖頭，顫顫地伸手指向她的臉，「我、我才沒有惡作劇。妳明明長得這麼像曉苳，怎麼會是宇棠呢？」

「曉苳？」

「對呀，宋曉苳！」姜萬倩一字一頓地說，「宇棠、我和曉苳以前很要好，我和曉苳常在放學後去宇棠家寫功課……如果妳眞的是宇棠，妳怎麼會長得這麼像曉苳？而且妳也應該記得曉苳！」

宋曉苳。

這個名字像是一道無聲悶雷打中蕭宇棠，讓她的思緒驀然一片空白。

她呆呆地望著姜萬倩的嘴巴一張一闔。

「兩年前，曉苳去德役當短期交換生，隨後馬上告訴我，說她在德役校園裡看見宇棠。可是沒過多久，曉苳就失蹤了，我再也沒見過她，更沒有她的消息。」

蕭宇棠全然消化不了姜萬倩所說的每一個字。

「雖、雖然妳和曉苳的氣質、談吐不同，但妳們的五官一模一樣，剛看到妳時，我嚇了一大跳，以爲妳是曉芠，和妳交談幾句才發現不對，曉芠的聲音不是這樣，說話的語氣也不像，而且妳一副不認識我的樣子，我以爲妳只是恰巧跟曉芠長得很相像……」姜萬倩焦慮地咬起指甲，像是也覺得這件事太過荒謬，「妳眞的是宇棠嗎？這是怎麼一回事？妳怎麼會變得那麼像曉芠——」

「慢著，」蕭宇棠粗魯地打斷她的話，「妳說是那個宋曉芠告訴妳我在德役，但妳在信裡可不是這麼寫的，而是妳最近才打聽到我在德役就讀。妳的說法前後不一，到底哪個才是眞話？」

「這……」姜萬倩吞吞吐吐。

「還有，假使妳早就知道我在德役，爲什麼過了兩年才來找我？妳都不會覺得自己這番說詞充滿漏洞？妳說謊都不打草稿的嗎？」被人愚弄的憤怒，讓蕭宇棠出言越發不客氣。

「不是這樣，是因爲當時曉芠跟我說，妳在德役看見她，好像不是很高興。我以爲妳討厭她，擔心一旦提起曉芠，妳更不會答應見面。」

蕭宇棠冷笑，佩服她編故事還編得一副煞有介事的樣子。

「至於我爲什麼現在才來找妳……是有特殊理由的。」姜萬倩瑟縮地看了看四周，像是害怕有人偷聽她們對談，「妳能不能告訴我……曉芠發生了什麼事？妳知不知道曉芠人在哪裡？」

蕭宇棠揚眉，「妳找我出來就想問這個？」

姜萬倩猶豫了一下，點點頭。

蕭宇棠耐住性子冷淡地回：「好，我現在就回答妳，我不認識妳說的那個人，也沒聽說過有個名叫宋曉芗的交換生。我不知道妳爲什麼認爲我知情，還跑來向我詢問她的下落。」

「妳怎麼會不認識曉芗？」姜萬倩情緒激動起來，隨即露出恍然大悟的神情，話音發顫，「我知道了……妳、妳就是曉芗吧。妳故意捉弄我，不但寄了那封信給我，還假裝自己是宇棠，對不對？」

「妳胡說八道些什麼？」

「不然妳要怎麼解釋妳這張臉？如果妳是宇棠，妳怎麼會長著一張曉芗的臉？這根本沒道理！」

「有照片嗎？」蕭宇棠冷冷地發話。

「什麼？」姜萬倩一愣。

「宋曉芗的照片。口說無憑，妳一直強調我跟她有多像，那就給我看她的照片，妳有吧？」

聞言，姜萬倩眼中浮現恐慌，下意識瞥向放在桌上的手機，蕭宇棠一見，即刻伸手奪過。

「妳果然有她的照片吧？現在就找出來給我看，要是妳不肯，就表示這不過是妳自導自演的一場鬧劇。」蕭宇棠舉起姜萬倩的手機，「不然密碼給我，我自己從相簿裡找。」

「等等，不可以！」姜萬倩大驚失色。

「為什麼不可以？還是從頭到尾都是妳在裝神弄鬼？」

「對不起，對不起！」姜萬倩站起身踉蹌地越過桌子，衝到她身邊哭著哀求，「是我不對，我不懷疑妳了。手機還我好不好？」

「妳承認宋曉芠的事是妳編造出來的了？」

沒想到姜萬倩竟搖頭，「不是這樣的！宇、宇棠，妳真的不記得曉芠？當年妳做移植手術的時候，我和曉芠還一起摺千紙鶴送給妳，祈禱妳手術成功呀！」

提到千紙鶴，蕭宇棠胸口的怒火燒得更加熾烈。

「少騙人了，妳什麼時候真心為我祈禱過？不要扯開話題，如果真有宋曉芠這個人，為什麼不敢給我看她的照片？」她對著姜萬倩大吼。

姜萬倩哭花了臉，「我沒有騙妳，只是我不能給妳看曉芠的照片……拜託妳把手機還我！」

被激怒的蕭宇棠說什麼也不肯，兩人不顧身處公眾場合，動手爭搶，好幾次姜萬倩抓著蕭宇棠的手，企圖摳下她握在掌心的手機，猛然間蕭宇棠渾身一震，好幾幕畫面似是透過兩人交疊的手，竄入她的腦中。

她先是「看到」一名穿著制服的短髮女孩，女孩的臉剛好被舉起的手機擋住。畫面驟然跳躍，眼前是一片巨大的蜘蛛網狀裂痕，像是破碎的鏡面，卻又柔軟得像是波動的水面，她感覺「自己」低下頭看，裂痕卻將「她」的臉割得支離破碎，幾顆斗大的水珠從臉上滑落，使她愈加看不清；緊接著是一名上半身赤裸的男人壓在「她」身上，而「她」用塗著黑色指甲油的雙手試圖推開他；然後她發現「自己」坐在高處，而「她」的大腿上滿是瘀青和傷疤，雙腳懸空，腳下是一排停車格，停滿了機車……

蕭宇棠觸電般地抽回手，同時放開了手機，手機掉落在地面，姜萬倩三步併作兩步上前拾起，蕭宇棠則趁機與姜萬倩拉開距離。

雖然位處角落，但兩人的爭吵早就引發關注，蘇盈一推開店門，就見到其他桌客人對著蕭宇棠指指點點，見狀，她快步走近臉色發白的蕭宇棠。

「宇棠，發生什麼事了？」蘇盈警戒地望向淚流滿面的姜萬倩。

「我、我們走。」蕭宇棠沒再多看姜萬倩一眼，拽著蘇盈在眾目睽睽下離開。

蘇盈覺得蕭宇棠的情緒不對勁，便沒有立即返回學校，拉著蕭宇棠走進附近的一間超商。

她讓蕭宇棠找了個空位坐下，再到櫃台點了杯熱可可，把飲料遞給蕭宇棠時，她小心翼翼地問：「剛才到底發生了什麼事？我第一次見妳這麼生氣。」

從咖啡廳來到超商的路上，蕭宇棠始終緊皺著眉頭，雙唇緊抿，一聲不吭。

「蘇盈，妳曾經在德役見過跟我長得很像的人嗎？」蕭宇棠問。

「什麼意思？」

蕭宇棠嘆了口氣，對蘇盈重述了一遍她和姜萬倩的對話。

「天啊，她是有妄想症嗎？難怪我一看到她，就感覺她這個人怪怪的，她是不是精神有問題？」蘇盈嘴巴久久未闔，滿臉過意不去，她拍拍蕭宇棠的背，「對不起，都是我害的，我不該亂出主意慫恿妳跟她見面，應該一開始就讓妳直接拒絕她。」

「跟妳無關，不用放在心上。」

蘇盈沉默片刻，再開口時，語氣卻多了一分遲疑，「不過……宇棠，妳說妳小時候動過手術，姜萬倩卻拿這件事編造謊言，想要說服妳宋曉芠這個人是存在的……這是眞的嗎？妳做過什麼手術，怎麼沒聽妳提過？」

蕭宇棠心中一凜，驚覺自己在一時憤慨之下，將隱藏在心底深處的祕密說了出來。

「是眞的。」她做了次深呼吸，坦言相告，「我來到德役之前，動過胰臟移植手術。」

第四章

蕭宇棠四歲時被確診罹患第一型糖尿病。

自有記憶以來，她就要學習怎麼測血糖與打胰島素，她的指間和腹部等部位，滿是針眼的痕跡。

她不能夠隨心所欲地飲食，三餐被嚴格規範，不只是食物類型，也包括烹調方式。她不想這麼被限制，她也想吃糖、想吃速食、想吃冰淇淋，但父母總是爲難地看著她，後來她便不求了，她知道她沒有資格。

她必須時時刻刻控管血糖值，而這樣的生活將持續到她死去。

她的父親是名物流車司機，每天早出晚歸，母親經營家庭理髮店。她還有一個小她三歲的弟弟，叫蕭仕齊，個性木訥寡言，卻相當機伶懂事。

蕭仕齊六歲那年，半夜起床上廁所，發現廁所的燈亮著，敲門卻沒回應，他馬上衝去廚房拿了一瓶果汁，並用一枚銅板轉開廁所的喇叭鎖。

打開門後，蕭仕齊看見自己的姊姊癱坐在馬桶上，眼神渙散，額冒冷汗，幾乎快要昏迷，他趕緊餵她喝下果汁，陪伴她慢慢恢復意識。

待蕭宇棠血糖上升，視線漸漸清明，她鬆一口氣，對蕭仕齊說：「謝謝你，仕齊。媽媽最近工作很忙，也很累，我希望她能好好休息，不要再爲了我半夜從床上爬起來，謝謝你沒有叫醒媽媽。」

近來即使已經縮短測量血糖的時間了，還是會發生如今晚的狀況，母親擔心她，時常一整夜起來兩三次，讓她十分內疚。

蕭宇棠摸摸弟弟的頭，「對不起。」

「沒關係啦。」蕭仕齊說。

蕭宇棠很努力試著和這個疾病和平共處，醫生不是說過，只要小心點，她也能過平常人的生活？但爲什麼她就是會遇到一些突發狀況，平白增加家人的負擔？

隨著年紀增長，她的血糖逐漸無法控制，發作昏迷的次數也變多了。

她的外表與一般孩子無異，完全看不出她是病人，爲了更妥善地照顧她，勢必得將她的病情告知校方和同學。

蕭宇棠並不畏懼旁人異樣的眼光，只是部分對糖尿病不甚了解的家長，大聲責怪她的父母不該讓她吃太多零食，才導致她自幼罹患糖尿病。她爲此感到滿心氣憤，卻也無力逐一向眾人解釋，她的病其實是胰臟功能產生病變，無法正常分泌胰島素所致。

她也曾質疑爲何自己會罹患這樣的疾病？爲何自己會爲家人帶來這麼多的麻煩？爲此落入了自憐自艾的情緒。幸好家人、學校老師和身旁好友們的適時陪伴與開解，讓她得以堅強面對疾病所帶來的種種困境。

只是她的病情卻愈來愈不樂觀，到了小學五年級下學期，她開始毫無預警地在課堂上、用餐時，或是正與同學聊天的時候昏厥過去。

在飲食、運動和胰島素劑量維持不變的情況下，蕭宇棠的血糖卻忽高忽低，波動極大，還併發了「低血糖不自覺」的症狀，當血糖過低時，身體無法準確反應，以至於她需要頻繁檢測血糖值，避免引發低血糖昏迷，甚至導致死亡。

幾次調整用藥方案也起不了作用後，醫師告訴她的父母，請他們做好心理準備，考慮胰臟移植。

蕭宇棠的父母還沒想好，蕭宇棠便又一次突然暈倒，從學校樓梯上跌下來，摔破了額頭，不得不休學住院觀察。

住院那陣子，除了班導師，沒有一個同學來看過她，包括姜萬倩。

姜萬倩在五年級上學期轉學至蕭宇棠班上，蕭宇棠率先對她釋出善意，從此她就像是蕭宇棠的小尾巴，天天跟在她身後打轉，得知蕭宇棠身體不好，還會主動幫她提東西、背書包。

就連班上同學變得疏遠蕭宇棠，姜萬倩也還是陪在她身邊。

同學們之所以態度丕變，肇因於蕭宇棠住院前一個月，放學途中與幾個同學嬉鬧玩耍時，又因爲低血糖發作，倒在車水馬龍的大馬路上，差點就讓一台疾駛而過的機車撞上。

來接蕭宇棠的蕭母目睹這一幕，又氣又急，便對那幾個同學說了重話，造成他們的委屈和家長的不滿，於是家長群起要求自家的孩子遠離蕭宇棠，不許和她往來，避免擔上不必要的責任。

這段期間，班上只有姜萬倩還願意跟蕭宇棠說話，可是現在，連姜萬倩也不理她了。

班導師帶給蕭宇棠一張卡片，口口聲聲說同學們都很想念她，希望她能早點回去上課。她看著那張只有同學們的簽名，其他什麼話也沒有的卡片，陷入了沉默。

她在醫院裡待了一天又一天，心灰意冷之際，蕭母喜悅地衝進病房告訴她，醫院即將幫她動手術，手術成功後，她的人生會從此不同。

那時蕭宇棠才知道自己即將換一顆新的胰臟。

她問母親：「新的胰臟是哪裡來的？」

「有個慈悲又充滿大愛的人，將他摯親身上的器官，捐贈給一群需要的病患。媽媽不知道對方是誰，醫生說不能公開。」蕭母激動得熱淚盈眶，「醫生還說，全國跟妳一樣在等待新胰臟的人，最長可能要等上五、六年，而妳不到半年就配對成功了，這表示老天爺特別眷顧妳。感謝上天！只要能換妳一生健康，無論需要付出多少代價，媽媽都願意承擔。」

手術前，班導師又帶著一大串千紙鶴來探望她。

「這是全班同學為妳摺的，大家都衷心祈禱妳的手術能順利成功。」

五顏六色的千紙鶴掛在牆上，為冷清的病房增加不少活潑的氣息。

蕭宇棠低聲問：「真的是大家摺的？」

「當然是真的，所以妳一定要加油，我們會在學校等妳回來。」

蕭母在班導師身後露出溫柔的笑容，卻掩飾不了眼下青黑色的疲倦。蕭宇棠輕撫著紙鶴，無聲地哭了。

她早就知道了，母親好幾個夜裡都沒有睡覺，偷偷摺著成千上百隻千紙鶴，並且和班導師串通，想讓她以為她是被班上同學惦記與關懷著的。這些千紙鶴是母親對她的愛，她不忍也不能戳破母親善意的謊言。

然而幾日後的黃昏，蕭宇棠在睡眼惺忪中，看見背著書包的弟弟站在掛滿千紙鶴的牆前，猛地扯下一把千紙鶴，用剪刀將其剪成碎片。

蕭宇棠驚得睡意全無，趕緊閉上眼睛，假裝自己還沒醒來。

五分鐘後，她再次睜開眼睛，弟弟已經不在房內，地上的碎紙片也收拾乾淨了，牆上那一串串從天花板懸吊下來的千紙鶴，缺失了一大角。

為什麼弟弟要剪碎為她祈福的千紙鶴？

難道他不想要她手術成功？

因爲她的病，父母大部分的心力都放在她身上，弟弟從小就被迫懂事，不但要自己照顧自己，有時還要協助父母照護她，因此被同學戲稱是「姊控」。

弟弟班上幾個壞心眼的同學，還曾經當著她和弟弟的面，故意模仿她發病時抽搐發抖的模樣，她都氣到渾身打顫了，弟弟還是冷冷地不予理會。只是他表現得愈是無動於衷，那些同學就愈是變本加厲，三不五時出言挑釁，以激怒他爲目標。

有她這樣一個姊姊，應該讓他很丟臉吧？蕭仕齊卻從未抱怨過，或是表現出任何不滿。

每次她滿懷愧疚地向他道歉，他總是要她不必在意。

莫非他一直都在忍耐？

莫非他其實暗地怨恨著她，才會剪碎千紙鶴發洩情緒，更甚至盼望她手術失敗，消失在這個世界上？

蕭宇棠呆呆望著那片牆，天色漸暗，千紙鶴也在眼淚裡糊成一片。

那一年，蕭宇棠順利完成胰臟移植手術，蕭母卻病倒了。

蕭宇棠拖著虛弱的身體，來到母親的病床前，現在的母親只能依靠插管維持生命跡象。大家都說母親是操勞過度，沒有生命危險。她看著彷彿陷入沉睡的母親，也只能這樣相信。

蕭宇棠不懂的是，蕭仕齊自那次去到她的病房剪碎千紙鶴後，再也沒有出現過，不曾來看望母親，遑論是她。更奇怪的是，沒有人對此表示意見，蕭父也只說他平安無事，卻始終不肯透露他人在哪裡，爲什麼不來看她和母親。就連她出院回到家中，也不見弟弟的蹤影，他的房間空蕩蕩的，好像主人有一段時間沒回來過了。

她心中充滿疑惑，然而父親爲了照顧她和母親，已是心力交瘁，既然父親迴避不提，她也不忍繼續追問。

蕭宇棠術後恢復得很好，但她不想面對同學，便申請了在家自學，大部分的時間，她會帶著書到醫院陪伴母親。

就這麼過了一年，班導師邀她回學校參加畢業典禮，她推辭不去，只另找一天前往領回畢業證書，沒想到在領回畢業證書當天下午，頭髮半白、蒼老許多的父親竟面色沉重地要求她，放棄直升社區國中，改報考德役完全中學。

蕭宇棠聽說過德役，這所私立貴族學校出了名的難考，學費更是昂貴，就算她幸運考上了，家裡也負擔不起。

「爸爸認識一個……跟德役校長很熟的朋友，他願意幫助我們。那個人保證，只要妳能維持一貫的好成績，學費和生活費都不用擔心。」

「可是我不想去！」蕭宇棠急得快哭了，「爸爸，德役是住宿制，所有學生強制住校，我不想離開你和媽媽。」

「對不起啊，宇棠，爸爸必須坦白告訴妳，如果妳能進到德役念書，不管在哪一方面都能夠減輕家裡的壓力。媽媽的情況絲毫沒有改善，爸爸要工作，還要照顧媽媽，實在沒有多餘的心力照顧妳，爸爸一直都覺得很愧疚。」蕭父摸摸蕭宇棠的頭，「幸好妳的手術非常成功，妳再也不用膽戰心驚地過日子，這是爸爸最欣慰的事。就算妳一個人去德役念書，我相信妳也能適應得很好。妳可以體諒爸爸的，對不對？」

蕭宇棠跟著父親一起流下眼淚。

她很清楚父親這一年來有多煎熬，也很害怕蠟燭多頭燒的他，會繼母親之後倒下。

既然父親坦言自己支撐不下去，她又怎麼忍心拒絕他的請求？

蕭宇棠順利通過了德役困難重重的考試與面試，但她卻無法感到喜悅。一直到出發前往德役報到的那一天，她都沒能等到母親睜開眼，也沒能等到弟弟回家。

離開家人的悲傷，以及過去被同學排擠的陰影，讓她在初抵德役時獨來獨往，不願和任何人接觸。

每個星期她都會打電話回家，父親很少接電話，偶爾接了，也只說家裡一切安好，讓她不要擔心就掛了。她從和父親少之又少的通話中，得知雖然母親仍未醒來，但身體無恙，且蕭仕齊也回家了。

她要求和弟弟通電話，弟弟卻執意不肯。

幾個月後，父親通知她母親終於醒過來了，她興奮地跟父親說想盡快回家看看，父親卻告訴她，他們即將要搬家，等新家的地址確定下來，會再跟她聯絡。

儘管歸心似箭，蕭宇棠也只能應下，沒想到最後她等來的不是新家的地址，也不是家人的電話，而是父親寄來的一封信，信裡交代她寒假暫時住在外縣市的嬸嬸家，卻沒有任何解釋。

她想不明白父親這個安排是何用意，父親、母親和弟弟不想見到她嗎？他們不要她了嗎？

那陣子蕭宇棠備受打擊，猶如行屍走肉，做什麼都提不起勁，當時擔任副校長職務的吳德因，還為此專程找蕭宇棠深聊。

「宇棠，我跟妳爸爸談過了，妳爸爸不是不想妳，更不是不想見妳，只是他在工作上出了點問題，加上妳媽媽剛醒過來，身體不是很好，為了讓她好好調養，妳爸爸索性搬去一個清靜的地方生活。之所以瞞著妳、不和妳聯絡，是希望妳能好好學習，別為他們操心。等情況好轉，他們會來找妳的。」

吳德因這一席話，為蕭宇棠黯淡的瞳眸點亮了一絲光芒。

「真的嗎？」

「當然。妳一定很思念家人，所以我為妳準備了一份禮物。」

蕭宇棠拆開吳德因遞過來的信封，待看清裡頭裝著的一張照片後，立刻眼圈一紅。

那是蕭父、蕭母和蕭仕齊三個人的合照。

吳德因在一旁解釋：「我向妳爸爸要來這張照片，妳爸爸寄給我之後就反悔了，怕妳看到照片會難過，我跟他保證不會讓妳看到，才把照片留下來。」

蕭宇棠明白爲什麼父親不想讓她看到這張近照。照片裡的父親，瘦到她幾乎認不出來，母親也是形銷骨立，彷彿風一來就會被吹倒，唯一令人安慰的是，弟弟看起來很健康，個子長高不少，臉上還是和過去一樣鮮有表情。

蕭宇棠忍不住嚎啕大哭，「謝謝副校長⋯⋯」

吳德因將她擁入懷中，「不用謝，只要能看到妳露出笑容，就不枉費副校長撒這個謊了。妳要記住，不管發生什麼事，我都是最關心妳的人。這件事就當作我們之間的祕密，好不好？」

蕭宇棠破涕爲笑，在吳德因溫暖慈藹的目光下點頭。

✦

從蕭宇棠進門到躺在診療床上，那個男人始終不吭一聲。

他在等她開口，她無法漠視這無聲的壓力，也不想再把兩人的關係弄僵，便故作自然地說：「我見過那個小學同學了。」

他靠近她，用耳溫槍替她測量體溫，嗶嗶兩聲，他看了眼顯示的溫度，淡淡地說：「吵架了？」

她心中愕然。她就說了這麼一句話，他是怎麼知道的？

康旭容出了診療室旋即返回，蕭宇棠看到他手上拿的東西，立即睜圓了眼睛。

「我又發燒了？幾度？」

「四十一．二。」

她彈坐起身，「今天早上量才三十七度，怎麼忽然燒起來了？這是我第一次燒得這麼高吧？」

「不是。」康旭容遞過去退燒藥和開水，看著她服下，卻不肯多說，逕自打開黃色資料夾作筆記。

「發生了什麼事？」他闔上資料夾。

「……我被耍弄了。」她悶聲回，仍盯著他，「你怎麼知道我們起爭執了？」

「妳先說說是怎麼回事，我再回答妳。」他拉過一把椅子面對她坐下，十指交扣放在腹前。

康旭容如水晶般的淺色眼珠直直地凝視著她，令她不自在地微微別開視線。

蕭宇棠深吸一口氣，將週末的經過詳述一遍，自始至終，康旭容面容平靜無波，彷彿不管她身上發生多麼奇怪的事，都不會激起這個男人的情緒，他永遠都能泰然自若地看著、聽著。

「事情就是這樣，換你說了。」藥物的副作用讓她昏昏欲睡。

男人從資料夾中抽出一份統計表，是她這兩年來的血壓和體溫紀錄。

他指出幾個特別用紅色標示的日期，「當妳的體溫猛然升高至三十九度以上，同時妳的情緒波動會特別明顯。而妳今天的體溫起伏太不正常了，我就猜妳和小學同學的碰面過程並不愉快，畢竟在這兩天裡，好像也只有這件事可能讓妳的情緒產生較大的波動。」

蕭宇棠茅塞頓開，也聯想到先前接連做的那個怪夢，同樣就是因爲她在夢裡情緒失控，繼而在她醒來後，影響到她的心理和生理反應。

仔細想想，這幾年確實如康旭容所說，她愈是憤怒或愈是悲傷的時候，就燒得愈是厲害。這男人早已發現這一點，卻不告訴她，讓她爲此苦惱。

「你是不是觀察到我的體溫變化和情緒相關，才會問我做了那個夢之後會不會突然想哭？」她想通後便開門見山問。

「對一半。」

「什麼意思？」

「意思就是不僅僅是這個原因。」他話中意味不明，卻沒有想要進一步解釋清楚，「我認爲妳這次發作，應該不單單是爲了對方說的那些話，那天還有什麼事讓妳格外在意嗎？」

蕭宇棠馬上想起她碰觸到姜萬倩時，腦中一閃而過的恐怖畫面。事後她愈想愈害怕，那不像是她的幻想，她是真的從姜萬倩身上，看見了什麼不該看的東西。

「如果我說出來，你一定會覺得我腦子有問題。」

「我不會輕易質疑妳說的話，宇棠。」

男人淡定的態度，令她緊繃的身心放鬆了下來。

「在爭搶手機時，我無意間碰觸到她的手，我……看到了奇怪的畫面。」她舔了舔乾燥的唇瓣，「那些畫面讓我很不舒服，我好像身歷其中，而且受到了可怕的凌虐。我看到自己身上都是傷，坐在很高的地方，隨時要往下跳的樣子……我嚇壞了，一推開她的手，那些畫面就不見了。」

蕭宇棠說著還餘悸猶存，她偷瞄一眼康旭容，他依舊面不改色，像是她說的是一件很普通的事。

「妳說妳好像身歷其中，看到自己身上都是傷，妳覺得那個『自己』是誰？」

「我不知道，但我感覺可能是……」她想起姜萬倩擦著黑色指甲油的手，眼神一黯，「我那個小學同學。」

「接下來妳打算怎麼做？」

「什麼怎麼做？」

「如果那些畫面是妳同學的遭遇，妳就這麼視若無睹嗎？」

她猛地抬頭看他，不可置信地說：「先別說那些畫面是否眞是她的遭遇，她約我出去，編造了一個莫名其妙的故事嚇唬我，我躲她都來不及了，怎麼可能主動跟她再有牽扯？」

「難道妳不擔心她遇到什麼危險？」

「我幹麼要擔心？那關——」她及時打住，才沒有把「那關我什麼事」這句話說完全。

蕭宇棠心情複雜地看著康旭容，她無法理解他的想法、他對這件事的接受度和他毫無來由的堅持，「等一下，你就這麼相信我『看到』了什麼？你不認爲我是在胡言亂語？」

「無論妳的話聽起來有多麼荒唐，只要妳告訴我妳沒有說謊，我就不會懷疑妳說的每一個字。」他目光不動，「我以爲我早就讓妳明白這點了，看來並不是這樣。」

說完，他突地站起身，蕭宇棠心頭一震，連忙跳下床擋住他的去路。

「你要去哪？」

「倒水，我渴了。」

「我來吧。」蕭宇棠鬆了一口氣，拿起他的杯子走向飲水機，熟練地幫他裝半杯冷水再加一點溫水，這個男人向來只喝微溫的開水。

「如果是你的話……你會怎麼做？」她倒好水後，站在原地面對著牆壁悶聲問。

「有所防備是很好，但就算對方欺騙了我，也不代表當她碰上危險時，我就要見死不救。」康旭容的聲音由遠而近傳來，「另外，妳有想過嗎？她爲什麼大費周章捉弄一個早就沒聯絡的小學同學？總有原因吧？況且妳說的那些都還只是妳單方面的想法，不一定就是事實。」

「爲什麼非要找出原因？這世上也有人沒有理由卻隨意傷害別人啊。」她忍不住輕聲反駁。

「這點我不否認，但前提是妳要親自確認過，對方到底是不是這種人。倘若妳心有懷疑，卻不願意去驗證，只是一味認定對方會毫無緣由地傷害妳，對妳懷抱惡意，那也是一種盲目，會害妳錯失很多看清眞相的機會。」

蕭宇棠緩緩轉過身，男人站在她的身後，澄澈的眼睛俯視著她。

「宇棠，我不希望妳變成這樣的人。」

以往吃完退燒藥，蕭宇棠會在保健室睡一覺再離開，這天她卻直接返回宿舍。

在康旭容那樣柔和的目光下，她沒辦法繼續安然自若地和他共處一室。

蕭宇棠回到寢室後倒頭就睡，醒來已是晚上九點，蘇盈不在寢室，這個時間她應該是去洗澡了。

手機的震動聲斷斷續續響起，她從外套口袋找出手機。姜萬倩傳來許多道歉訊息，央求蕭宇棠給她當面解釋的機會，並保證不會再把她誤認是別人。

蕭宇棠原本已打定主意要跟姜萬倩斷絕往來，但想到那些駭人畫面，她正準備刪除訊息的手不由得一頓。

「只要妳告訴我妳沒有說謊，我就不會懷疑妳說的每一個字。」

「我不希望妳變成這樣的人。」

康旭容的話聲清晰得猶在耳邊，她呼吸一滯，內心某處也跟著變得柔軟。

一分鐘後，她回了一句話給姜萬倩。

✦

過了一個週末，這天蕭宇棠洗完澡回到寢室，她才打開燈，便聽見三個人合唱起生日快樂歌。

「生日快樂！」蘇盈、陳緗緗和楊欣齊聲高呼，蘇盈手裡還端著一個六吋的黑森林蛋糕。

「嚇到了吧？這是我們特地為妳準備的驚喜。」蘇盈得意地欣賞她詫異的表情。

「妳們眞的有嚇到我。」蕭宇棠漾出笑容。

陳緗緗從背後拿出一隻可愛的白海豚布偶，「這是我送妳的生日禮物，今後妳可以一邊想著我，一邊抱著它睡覺，保妳每晚做美夢！」

蘇盈高喊肉麻，楊欣也笑著送上禮物，「前幾天跟妳借耳機，我發現妳的耳機有點接觸不良，所以決定送新的給妳。這款有防水功能，很適合運動使用。」

「哇，欣欣果然超級細心體貼，跟妳交往的人一定很幸福！」蘇盈誇張地讚揚，蕭宇棠瞥見陳緗緗抿嘴笑，眼底閃過一抹羞澀。

楊欣也微微臉紅，趕緊說：「那蘇盈妳送什麼？」

「嘿嘿，這可是我精挑細選的。」她取出一條別緻的鵝黃色編織手環為蕭宇棠戴上，「這條幸運手環會保佑宇棠不再被怪人騷擾，從此遠離神經病。」

「什麼意思？有人騷擾宇棠？」陳緗緗關心地問。

「這是我們的祕密。」蘇盈俏皮地吐舌。

「好啦，快點切蛋糕，再吵下去舍監要來趕人了。」楊欣及時制止兩人拌嘴。

陳緗緗關了燈，讓壽星許願。

蕭宇棠十指交握，凝視蛋糕上搖曳的燭光，輕聲說：「第一個願望，我希望身邊好友的課業和感情都能順順利利。」

「齁，我好想談一場甜蜜的戀愛！」

每個人被蘇盈發自肺腑的心聲逗笑，楊欣感激地望向蕭宇棠。

「第二個願望，希望我們四人友誼長存。」蕭宇棠繼續許願。

「那當然，我們的感情永遠都會這麼好。」陳緗緗像隻無尾熊般牢牢抱住她。

「真沒創意，最後一個願望許個實際一點的啦，像是明年生日前遇上心儀的對象之類的！」蘇盈插嘴給意見。

「幹麼把妳的願望套在宇棠身上？」陳緗緗睨她一眼。

「才沒有，我只是希望宇棠能遇上喜歡的人，如果是我來許願，我會希望能和對方開花結果。」蘇盈撇撇嘴。

此話一出，所有人的視線都集中看向蘇盈。

「蘇盈妳有喜歡的人了？」

「誰誰誰？」

然而無論怎麼追問，蘇盈打死不說。

陳緗緗大膽臆測：「很可疑唷，難不成對方有女朋友？還是身分很特殊？」

「抱歉，真的不能說，也許有天我會告訴妳們吧。」蘇盈神祕兮兮地吊人胃口。

「哇，眞想不到，要是宇棠也能快點遇上喜歡的對象就好了。」楊欣很爲蘇盈高興。

「還是宇棠其實也有在意的人，只是藏在心裡？」陳緗緗好奇地問。

「才沒有！好了啦，我們來吃蛋糕吧。」蕭宇棠傻了下，連忙矢口否認，故作鎮定地吹熄蠟燭，失速的心跳卻沒有跟著減緩。

不知爲何，康旭容的臉浮現在她的腦海之中。

陳緗緗走過去打開電燈，寢室裡重見光明，女孩們笑鬧著分食蛋糕。

「對了，我有帶即可拍，來拍照吧！」楊欣高舉相機。

這是蕭宇棠在德役度過的第五個生日。

眼前這三個女孩，是她在德役最要好的朋友，也是最親密的家人。雖然這一夜，她察覺她們彼此之間都有無法坦白的祕密，但這並不影響四人的情誼，她由衷盼望今後也能繼續與她們共享生命中的歡笑。

曾經她許下的生日願望都只會是同一個，如今她已然明白，那個願望永遠不會成眞，所以她放棄了期待。

「宇棠，生日快樂。」

康旭容傳給她的祝賀訊息，跟往年一樣簡單扼要。

蕭宇棠注視著那行字許久，直到進入夢鄉前，才默默在心裡許下第三個願望。

只是當時的她料想不到，這一天她說出口的心願，最終都沒能實現。

✦

「我已經問過緗緗和楊欣了，她們都說好，這週六一起去吃下午茶吧！」蘇盈興高采烈地在手機上秀出近日熱門的甜點店照片。

「那天我有事，抱歉。」蕭宇棠歉然地說。

「是喔？妳要幹麼？」蘇盈頗爲意外，假日她們幾個好朋友也常黏在一起，很少分開行動，她想不到蕭宇棠一個人要去哪。

「我要回診，順便拿藥。」她隨口找了個理由。

已經得知蕭宇棠過去動過胰臟移植手術的蘇盈沒有起疑，只說：「沒關係呀，妳看完醫生就過來，我們等妳。」

「但我可能要再做個檢查，不清楚需要多長時間。妳們去吧，好吃的話下次再找我。」

「好吧。」蘇盈眼神有些意味深長，「如果不是上次妳說溜嘴，我還眞不知道妳每天吃的，其實是抗排斥的藥。」

「妳不太高興吧？」

「當然，這表明了妳之前都在騙我。」蘇盈假裝生氣地捏捏蕭宇棠的臉，「僅此一次，下不爲例，不然我就眞的不理妳了！」

蕭宇棠心裡更過意不去了。

她沒說出口的，不只這一件事。

蘇盈不知道，打從進入德役的那天起，她就等同於被家人拋棄，更不知道每年寒暑假，她都沒有回家。

她還有很多事沒有說，也不能說。

✦

搭捷運再轉公車，蕭宇棠在一處從未到訪過的陌生地段下車。

公車還沒到站，她就看見等在站牌下的女孩那搶眼的髮色。

兩個星期前，她答應了姜萬倩見面的要求，同時提出一個條件，必須約在姜萬倩的住處。姜萬倩已讀訊息後沒有馬上回覆，顯然是有些猶豫，但最終還是同意了。

蕭宇棠心想，要是蘇盈得知她不是去醫院回診，而是與姜萬倩碰面，肯定會氣到與她絕交。上次在咖啡店與姜萬倩鬧得不歡而散，蘇盈很擔心她，還再三叮囑她絕對不許跟姜萬倩聯絡，她卻陽奉陰違。

今天姜萬倩的妝淡了些，看上去也順眼多了。

但她還是作出一副面無表情的樣子：「謝謝妳來接我。」

「不用客氣啦，我家這邊的小巷挺複雜，如果沒來過，很容易迷路。」姜萬倩絲毫不覺尷尬，依然笑容燦爛帶路。左彎右拐後，她領著蕭宇棠來到一棟老舊的公寓。

爬上五樓，姜萬倩拿出鑰匙開鎖。

她住在一間十坪大小的套房，雖然事先整理過，室內仍堆滿了雜物，且瀰漫著一股香水混合菸味的氣息，對異味敏感的蕭宇棠不自覺皺眉。

「抱歉，房間裡的味道不是太好聞，我噴了一點香水。」姜萬倩連忙打開窗戶，保持通風，「我下班後就立刻趕回家，還是趕不及在妳來之前完全整理乾淨。」

「妳在上班？」

「對，因爲妳週末才能外出，幾天前我就拜託同事跟我調班，下午才能趕回來，否則通常假日很難排休。」

姜萬倩這麼一說，蕭宇棠才發覺這個房間沒有任何與學生相關的物品，例如制服、書包或是課本。

「妳難道沒有上學？」

「嗯，國中畢業我就開始工作了，現在在一間賣場上班。」

「妳媽媽呢？」蕭宇棠依稀記起，姜萬倩出身單親家庭，由母親撫養。

「她和男朋友住在新竹，我們已經快兩年沒見面了。」姜萬倩說得平淡。

「兩年？這中間妳也沒跟妳媽媽聯絡？」蕭宇棠脫口而出。

姜萬倩沒聽出這句問話透露的含意，自然地答道：「半年前通過一次電話，再上一次我就不記得了。」

「那……妳有男朋友？」

「咦？是有交過啦，但最近忙於工作，沒時間交。」姜萬倩靦腆地咯咯笑。

原來她也是一個人生活。

兩人圍著套房中的小矮桌席地而坐，桌上擺滿了點心。

「我不知道妳的喜好有沒有變，所以鹹的甜的都買了一些，妳吃東西不必再有顧忌了吧？」見蕭宇棠點頭，姜萬倩笑彎了眼，「眞是太好了！」

蕭宇棠不甚自在地拿起盤中的點心咬一口，含糊地「嗯」了一聲。

「其實我很好奇，爲何麼非約在我家見面呢？我不是不歡迎，但妳也看到了，我家又小又亂……」

話還沒說完，門鈴聲突然響起，姜萬倩匆匆起身走過去應門。

門口傳來女人和小孩的聲音，蕭宇棠轉頭望去，一名年輕孕婦牽著年約五歲的可愛女孩站在門外。

孕婦的視線也不經意地往蕭宇棠臉上瞥去，隨即驚詫地指著她，「咦？妳不是——」

「婷姊，我立刻過去！」姜萬倩飛快拉上門，擋住孕婦的視線，並小聲對蕭宇棠說：「宇棠，麻煩妳等我十分鐘。我去隔壁處理點事，很快就回來。」

姜萬倩離開後，蕭宇棠沒時間揣測那名孕婦的奇怪反應，急著起身打開廁所門。

在蕭宇棠先前「看到」的紛亂畫面裡，部分場景明顯是在家中，她想確認那些場景是否就是姜萬倩的住處，所以她才特意約在姜萬倩家，企圖一探究竟。

她印象最深刻的畫面，一幕是沉在水面下的蜘蛛網狀裂痕，另一幕則是坐在高處時所看見的城市景色。有水的地方不是廚房就是廁所，姜萬倩的套房並未特別隔出廚房，只在角落有套簡易的廚具系統，但顯然都沒在使用。

她走進廁所，發現除了馬桶和洗臉盆，還有一座小小的粉紅色浴缸，上前一看，那個蜘蛛網狀的裂痕就這麼映入眼簾……

接著她又拉開通往陽台的落地窗踏出去，強烈的冷風灌入她的脖頸，她卻不覺寒冷，石化似的看著眼前的景象。

櫛比鱗次的都市建築與腦海中的畫面重疊，她手扶牆頭，俯瞰下方，正是一座小型的機車停車場，所以她「看到」的是……姜萬倩坐在這面牆上的情景？

一隻手從後拍了拍她的肩膀，蕭宇棠渾身一震，驚恐回頭。

「妳怎麼了？」姜萬倩被她的反應嚇一跳。

蕭宇棠當下恨不得奪門而出，但她硬是強壓下這股衝動。理智告訴她，不能就這麼回去。

「沒事，我……出來看看風景。」她不動聲色地轉移話題，「剛剛那個人是妳鄰居？」

「是呀，她網購的東西到了，箱子有點沉，快遞不願意幫忙搬上樓，她老公又不在，就請我去幫忙。」

蕭宇棠試探地問：「她看到我的反應有點奇怪，像是見過我的樣子。」

姜萬倩臉色一僵，迅速否認：「沒有，婷姊很熱情，她應該只是想跟妳打招呼而已。」

姜萬倩的解釋太過生硬，蕭宇棠半點也不信，那名婦人的反應，很明顯是認出了她，或者說，認出了她的「臉」，但蕭宇棠很確定自己不認識對方。

有沒有可能，姜萬倩先前並不是在胡說八道？

誠然如康旭容所言，她們失去聯絡這麼久，姜萬倩有什麼非要特地找過來戲弄她的理由？總不會是吃飽太閒吧？姜萬倩看起來也不像是精神狀態有問題，言行舉止都像個正常人。

如果連姜萬倩的鄰居都以爲她是某人，那會是誰？還能是誰？

「上次妳提到的那個人……妳的鄰居，是不是也認爲我就是那個人？」蕭宇棠盯著姜萬倩不知所措的眼睛，「她見過那個人嗎？」

「嗯。」姜萬倩照實說了，「以前她常來找我，婷姊見過她幾次。」

「妳們國中也同校？」見姜萬倩搖頭，蕭宇棠沉默片刻，才又問：「能不能請妳寫下她的名字？」

姜萬倩依言取出紙筆，在紙上寫下「宋曉芩」三個字。

蕭宇棠認眞端詳，卻仍對這個名字沒有任何印象。

「宇棠，算了啦，妳就當我在亂說好了，別再想了。」

蕭宇棠眉頭深鎖、表情嚴肅，讓姜萬倩開始緊張，怕又會惹她生氣。

「妳現在才說那是妳在亂說？耍弄別人很好玩嗎？」蕭宇棠很受不了姜萬倩唯唯諾諾的態度，也猜不透她說詞的反覆是何用意。

「不是，好不容易能見面，我只是不想再爲這件事跟妳鬧不愉快。」

「我不需要妳這種好意。妳說要當面向我解釋，結果這就是妳的解釋？妳到底想怎樣？如果妳是這麼一個說話沒有誠信、反覆無常的人，我們沒有必要再繼續來往。」蕭宇棠冷冷地說。

像是遭到老師訓斥的學生般，姜萬倩難堪地垂下頭，側身從置物櫃拿出一封信，默默放到桌上。

沒有郵戳、沒有寄信者署名，信封僅寫了收件人的姓名與地址，還是用電腦打字列印出來的。蕭宇棠抽出信紙，內容和信封一樣是電腦打字列印，沒有透露任何寄信者的訊息，她察覺到一絲異樣，開始讀信，愈讀愈是詫異。

姜萬倩：

有一件重要的事要告訴妳。

兩年前，妳的好朋友宋曉苳，去到德役做交換生後下落不明，她失蹤的原因並不單純。

妳的朋友會出事，與目前在德役就讀二年B班的蕭宇棠有關。蕭宇棠是妳的小學同學吧？如果妳不把這件事查清楚，下一個出事的就會是妳。

比方說，妳藏在心裡的祕密將會被曝光。

要想查出眞相，妳必須直接找上蕭宇棠本人，但要注意，不能讓她看見宋曉苳的任何影像，包括照片和影片。

等妳見到她，妳就會明白爲什麼了。

別想置之不理，也別心存僥倖，妳的一舉一動都在我的掌握之中，若妳不照我的話去做，我隨時會將妳最不想讓人知道的祕密公諸於世。

祝好運。

關心妳朋友的朋友敬上

事情的發展出乎意料，蕭宇棠錯愕地望向臉色發白的姜萬倩。

「妳是因爲這封信才來找我？」

「嗯。」

「妳敢發誓這封信不是妳假造的？」

「我發誓絕對不是，我不曉得這封信是誰寄給我的！我太害怕了，所以在收到這封信的一個星期後，我就聯絡妳了。」姜萬倩激動地說。

再讀過一遍恐嚇信，蕭宇棠的目光定格在信末。

「關心妳朋友的朋友……」她來回咀嚼這句話，「莫非是認識宋曉苳的人？會不會是宋曉苳的朋友？」

「我懷疑是曉苳在德役結交的朋友，對方好像很了解她在德役發生了什麼事。不過我不敢到處探聽，我擔心會被這個人發現……」

「這個人知道妳的祕密，還知道我和妳是小學同學，這樣的人應該不多，妳想得出有誰符合這些條件嗎？」蕭宇棠試著將嫌疑範圍縮小。

「那個祕密……只有曉苳知道，她、她是在很偶然的情況下知道的，除非她告訴了別人……」姜萬倩說到最後，表情有點苦澀。

蕭宇棠遲疑了下，還是問了：「那個祕密是什麼？能跟我說嗎？」

姜萬倩再也抑制不住內心的恐慌，斗大的淚珠一下子爬滿臉頰，「對不起……我不能說。」

「很嚴重嗎？難道是妳犯了什麼罪？」

「不是，但如果被公開了，我會活不下去。」姜萬倩泣不成聲，全身劇烈顫抖，這種恐懼不像是演出來的。

假使姜萬倩所言屬實，那麼上次見面，她不肯出示宋曉芠的照片，並時不時張望四周，像是怕誰在監視她，那些詭異的行徑全都有了合理的解釋。最大的問題點，反而在蕭宇棠身上，她的記憶完全沒有宋曉芠的存在，卻擁有一張跟失蹤的宋曉芠一樣的面孔……

那麼，現在的她，到底是誰？

「我暫且相信妳說的是真的。」蕭宇棠安慰姜萬倩，「不管寄這封信的人目的為何，在他有下一步動作之前，我們毫無辦法。我很抱歉幫不上忙，我確實不記得宋曉芠這個人，但至少妳能做的都做了，我想這個人還不會對妳做什麼，他真正要對付的目標也不是妳，否則就會直接公開妳的祕密了，不是嗎？」

姜萬倩眼神茫然，聲音帶著哽咽，「……我無時無刻都覺得有人在跟蹤我，幾個月來根本無法安心睡覺，飯也吃不下，簡直快瘋了。」

蕭宇棠同情地看著姜萬倩骨瘦如柴的身軀，以及遮掩不住的黑眼圈，她看起來確實遭受到不小的精神折磨。

「對方有再寄信來嗎？」

「沒有……我每次打開家裡的信箱都很害怕。」

蕭宇棠再次翻看信件，陷入了沉思。

沒過多久，姜萬倩突然噗哧一笑，蕭宇棠訝異地抬眼看她。

「對、對不起，我只是沒想到自己會哭成這副德性，其實能與妳重逢，我眞的很開心。」姜萬倩又哭又笑地抹掉眼淚，「上次見面後，我還異想天開地猜測，妳和曉苳是不是因爲什麼意外而交換了臉。呵呵，很蠢吧？」

蕭宇棠默然半晌：「妳現在還這麼想嗎？」

「當然不，世界上怎麼可能有這種事？是我腦洞太大了。」姜萬倩自嘲地說，「而且我已經百分之百確定妳不是曉苳。」

「爲什麼？」

「因爲這個呀。」姜萬倩指著蕭宇棠方才咬過一口的花生糖。「曉苳對花生嚴重過敏，一旦誤食就得馬上送醫，可是妳吃了並沒有過敏反應，所以妳不可能是曉苳。」

她像是想到什麼，隨手拿起桌上的一張廣告紙摺了起來，「上次妳說我不曾眞心爲妳祈禱，這句話一直令我很在意。」

隨著她的動作，一隻小小的千紙鶴緩緩成形。

「當年爲了替妳祈禱手術順利，我摺了將近兩百多隻千紙鶴，只是我的手不靈巧，怎麼努力都無法摺得像曉荖一樣漂亮。」

說完，她將摺好的千紙鶴，放到愣住的蕭宇棠面前，「妳能夠恢復健康，眞是太好了！」

蕭宇棠看著姜萬倩那發自內心的眞切笑容，也微微地笑了。

「我們還有機會再見面嗎？」

姜萬倩送蕭宇棠出來等公車時，躊躇地問，隨後又連忙補上幾句，「與那封恐嚇信無關，我只是想偶爾像今天一樣，和妳一起吃吃點心、聊聊天……」

「再看看吧。」

直到搭上公車，蕭宇棠也不明白，自己爲什麼沒有拒絕她。

過了幾站，壓在胸口的悶意讓她忍受不了擁擠的公車，一時衝動摁了下車鈴，只是下了車後也不知該往哪去，就這麼茫然無措地在街頭漫步。

走著走著，她停下腳步，從口袋裡拿出姜萬倩送給她的千紙鶴，翅膀歪歪斜斜的，好像受傷了一般。

她記得的，夾雜在一大片端正漂亮的千紙鶴中，有好幾串歪七扭八，特別顯眼，她以爲是弟弟的傑作，沒想到竟是姜萬倩摺的，而且原來當初爲她摺千紙鶴的不只有媽媽，還有姜萬倩和宋曉芠。

她又想起自己與姜萬倩成爲好朋友後，有個隔壁班的男生譏笑蕭宇棠身體不正常，當時是個性膽小如鼠的姜萬倩跳出來維護她的。

「宇棠才沒有不正常！」

姜萬倩大聲爲她辯解，並用力推了小男生一把，後來她寧可被老師罰抄課文，也不肯跟對方道歉。

是的，在她還沒想起姜萬倩時，她就已經先記起有某個人爲她說過這句話，爲什麼遲至現在，她才辨識出那個聲音屬於姜萬倩呢？

太多事情接踵而來，令蕭宇棠的思緒一片渾沌，不知該從何釐清，就像她仍搞不清楚，她在姜萬倩身上看到的那些畫面究竟是什麼？是已經發生過的事？還是對於未來的預知？

而寫那封恐嚇信的人意欲爲何？

那個人真正的目標不太像是姜萬倩，難道是……她？

叭——

響亮的喇叭聲將蕭宇棠拉回現實世界。

一輛黑色的高級轎車緩緩停在馬路邊，後車窗降下，露出一張和藹的面孔。

「宇棠。」

校長吳德因坐在車內對她揮揮手。

蕭宇棠眨了眨眼，還有點反應不過來。

「妳一個人？等一下有事嗎？」

見她搖頭，吳德因對司機吩咐幾句便開門下車，車子逕自駛離。

吳德因笑容可掬：「妳怎麼會在這裡，沒和同學去玩？」

「我、我剛剛跟一個朋友見面，現在只是隨便走走，過一會就回宿舍了。」意外的偶遇讓蕭宇棠的語速不自覺加快。

「那要不要一起去吃點東西？我肚子餓了，妳願不願意陪陪我？」

蕭宇棠二話不說就答應。

沒想到吳德因帶著她來到一間其貌不揚，環境甚至稱得上有些簡陋的小店，看上去完全不像是她這種身分地位的人會來的地方。

「前陣子去馬來西亞辦事，看到一檔旅遊節目在介紹台灣的當地美食，其中就有這家天婦羅，便想找個機會來吃吃看，味道果然名不虛傳。」吳德因邊吃邊讚不絕口，眼睛發亮，表情生動。

也許是因爲擁有一顆赤子之心，加上保養得宜，儘管實際年齡已經六十多歲了，吳德因外表看起來卻像才四、五十歲出頭。

只是吳德因一身昂貴的套裝和出眾的氣質，仍與小吃店的氛圍格格不入，引來不少客人側目。不久，便有一對年輕情侶認出這位知名度極高的私立學校校長，並上前攀談，吳德因也親切地回應他們，絲毫沒有任何架子。

蕭宇棠心想，吳德因絕對是她所知道最關懷學生、也最受學生愛戴的校長了。

年輕情侶離開後，吳德因與蕭宇棠相視一笑，蕭宇棠好奇地問：「校長穿得這麼正式，今天也要工作嗎？」

「早上去參加某個慈善基金會的開幕儀式，這件事籌備了很久，如今塵埃落定，我也算安下心來。」

「是什麼樣的基金會？校長是創辦人嗎？」

「不是，創辦人是我一位老朋友的學生，是個從事特殊教育的優秀老師。成立基金會，幫助有智能障礙孩子的家庭，是她一直以來的心願，但過程不太順利，於是我和幾個朋友從中幫了點小忙，基金會終於得以成立，將有更多的孩子和家庭受到妥善的幫助，也就不枉費那位老師的辛苦付出了。」

吳德因說得輕描淡寫，蕭宇棠卻立刻明白，吳德因所謂的一點小忙其實是投資了一筆金錢。

除了德役校長這個身分，吳德因還是聞名政商界的企業家，更是家喻戶曉的慈善家。她總是拋磚引玉，推動許多慈善活動，在社會大眾看不到的另一面，她更不計較利益得失，對無數的學生伸出援手，蕭宇棠就是其中之一。

如果沒有吳德因，她早就變成流落街頭的孤兒。

從吳德因手中收到的那張照片，是她最後一次得到家人的訊息，此後她便和家人完全斷了音訊，連吳德因都無法聯繫上蕭父。

她倔強地等到了第二年，才不得不承認自己被家人拋棄的事實，所以她才會終止學校私人郵箱的續約申請，她知道不會再有人寫信或寄包裹給她了。她賭氣不願再去嬸嬸家度過寒暑假，是吳德因出面爲她安排暫時落腳的住處，並從她嬸嬸手中，接過了監護照顧她的責任。

於公於私，吳德因都幫她太多，還時不時開導鼓勵她。吳德因對她愈好，她愈是努力維持自己在校的表現，就怕讓吳德因失望。

雖然沒有表現出來，但她對吳德因的尊敬和感恩，其實比陳紺紺還要來得深厚。

「寒假有什麼計畫嗎？」吳德因關心地問。

「我考慮報名一個外語課程，我存了點獎學金，足夠繳交學費。」見吳德因啞然失笑，蕭宇棠傻愣愣地不知道自己說錯了什麼。

「妳這孩子，我是問妳有沒有什麼休閒玩樂的計畫？」她一隻手按在蕭宇棠的肩上，「放輕鬆點，我不要妳有任何負擔，只希望妳開心去做想做的事。今年沒辦法陪妳過年，抱歉。」

「沒關係，您已經那麼忙碌了，過年當然要多陪陪家人，不用介意我！」蕭宇棠連連擺手。

「妳也是我的家人。」吳德因加深笑容，「或許妳不會相信，但我很喜歡妳，甚至把妳當作我親生的孩子，對我來說，妳是這世上我最親近的家人之一。」

「……爲什麼呢？」她受寵若驚，卻也十分疑惑。

「我們之間有某種緣分，第一次在學校見到妳我就知道了。宇棠，妳，還有其他與妳一樣，和我存在著相同羈絆的孩子，才是我眞正的『親人』。」

聽到這裡，蕭宇棠忽然想起，吳德因是有孩子的。

她有兩個兒子，小兒子是領養來的，然而他們在多年前就接連因病去世。

吳德因曾經輕描淡寫對她提過這件事，沒有詳述，蕭宇棠也不敢深入探究，只在心裡默默感嘆，不明白像吳德因這樣的好人，爲何命運卻待她如此殘酷。

吳德因輕撫她的臉龐，「妳要相信，妳是我最想呵護，也最在乎的人，我希望妳能永遠當我的孩子，永遠陪在我的身邊，所以千萬別說這麼見外的話，不然我會傷心的，嗯？」

儘管聽得懵懵懂懂，蕭宇棠仍覺感動，不禁鼻頭一酸。

「雖然沒辦法陪妳過節，但妳也不會是一個人，我不在的期間如果有任何需要，就找康醫生幫忙，知道嗎？」

「知道。」蕭宇棠點頭。

冬日日照短，下午五點，天色已漸昏暗。

回到學校後，蕭宇棠只是來碰碰運氣，沒想到保健室的門眞的沒上鎖，假日康旭容仍留在學校。

敲門沒得到回應，她輕手輕腳推開門，一個身影趴在辦公桌上。

連眼鏡都沒摘下，康旭容側頭枕著左手沉沉入睡。

日落後氣溫也跟著下降，見康旭容衣著單薄，蕭宇棠卸下圍巾要爲他披在肩上，這時他握著筆的右手冷不防滑落桌面，重重垂下。

筆掉落在地，如此大的動作，康旭容卻毫無醒來的跡象，她隱隱感覺不太對勁。定睛一看，他臉上毫無血色，氣息微弱，整個人不像是熟睡，反而像是昏了過去。

「……醫生？」

不管怎麼叫喚，男人都沒有反應，蕭宇棠背脊一陣發涼，心臟愈跳愈快。

蕭宇棠開始用力搖晃他，並伸手拍他的臉。

「康旭容！」

激動喊出他名字的那一剎那，她感到微微暈眩，幾幕影像從腦海中閃過。

一名陌生男子在她眼前開懷地笑著，與「她」勾肩搭背，一同走在綠油油的草地上；男人神情憔悴，抓住「她」穿著的白袍衣襬，下跪痛哭，像是在對「她」苦苦哀求著什麼……

不省人事的康旭容忽然呻吟出聲。

他眉頭深鎖，撐開沉重的眼皮，便看到白著一張臉的女孩離他僅一步遠，正瞪大了眼睛。

「宇棠？」他面露疑惑，全身乏力到無法即刻坐起身，「怎麼了？」

「你、你才怎麼了？我剛才怎麼喊你，你都醒不過來，你身體不舒服？」

聞言，康旭容勉力撐起身子，摘掉眼鏡，抬手捏了捏鼻梁，「沒有，只是睡得太熟了。怎麼？出了什麼事嗎？」

「沒事，我先走了。」蕭宇棠慌忙丟下一句，轉身奔離保健室。

她不知道自己是怎麼回到寢室的，一關上門便腿軟滑坐在地，舉起還在顫抖的右手，強烈的發麻感從手腕一路蔓延至指尖。

就跟當初觸碰到姜萬倩的情況一樣，她又看見了不屬於自己回憶的畫面。

愣怔了一陣，她恍恍惚惚地起身，拿出抽屜的體溫計，量測出的結果不出她所料。

四十一．六度。

她又發燒了。

✦

「哇，嚇我一跳！」

一開門就撞見黑暗中坐著一個人，陳湘湘嚇得驚叫出聲。

「宇棠，原來妳在。怎麼不開燈呢？」

開了燈後，陳緗緗仍一臉驚魂未定。

「我在想事情，沒注意已經天黑了……」蕭宇棠嗓音乾啞，「妳怎麼過來了？蘇盈呢？」

「她和楊欣在樓下等我。我們今天買了不少東西，先拿回來放，蘇盈這傢伙懶病發作，就拜託我順便帶上來了。」陳湘湘將兩個沉甸甸的紙袋放在蘇盈書桌上，「既然妳回來了，就跟我們一起去看電影吧！」

「緗緗，妳的手借我一下好嗎？」

「手？」陳緗緗不假思索伸出右手。

蕭宇棠握住陳緗緗的手，沒多久熟悉的暈眩感再次襲來。

她看見楊欣對著「自己」露出柔情無比的微笑，也看到「自己」拿起一本小說，站在書櫃前翻閱，身邊是楊欣和蘇盈，同樣各拿著一本書看……

蕭宇棠一放開她，所有的影像隨即消失不見，還沒緩過來，她便開口問：「妳們今天去了書店？」

「對啊，楊欣說要買英聽的書。」

蕭宇棠接著問她是不是也買了一本小說，並說出了書名。

陳緗緗大吃一驚，「妳怎麼知道？」

「……我上次看到那本書的介紹，覺得妳會喜歡，還眞的被我猜中了。」蕭宇棠乾笑，勉強找了個藉口搪塞過去。

她拒絕了陳緗緗的邀請，一個人待在宿舍，思索這一整串離奇難解的事件。

康旭容告訴過她，她在情緒激盪時便會發高燒；透過實際的觀察比對，也證實了這點，她在極度憤怒和極度恐懼時，分別觸碰到姜萬倩和康旭容，並看到了那些奇異的畫面，這讓她情緒的波動更劇烈了，於是她發燒了。

她本來是這麼認爲的。

只是陳緗緗的出現，以及她臨時起心動念的測試，卻顚覆了她原本的假設。

握住陳緗緗的手之前，她已是高燒的狀態，但經過一個小時獨處沉澱後，她的心情已恢復平靜，也就是說，她透過碰觸攫取人的記憶，是發燒所帶來的能力，與自己情緒是否激盪無關，情緒波動只是誘發高燒的成因。

接二連三的經驗積累，她推斷自己看到的情景並非預知，而是曾經發生過的事，她以當事人的視角，窺伺到他們的部分記憶。這個結論方才也從陳緗緗的口中得到證實。

蕭宇棠不禁又想，那麼她在姜萬倩身上看到的畫面，與她的祕密有關嗎？

這天蕭宇棠早早就上床躺著，即使她睡不著。

她腦袋一片紊亂，無法應對任何事，當蘇盈回來看她躺在床上，關心地叫了她幾聲，她也闔眼裝睡。

到了半夜，她依舊雙眼睜得大大的，盯著天花板。沒有去跟康旭容拿藥，她明白自己會這麼清醒到天明。

然而她竟覺得這樣也好。

高燒令她的思緒愈加清晰，她開始回憶她所看到的康旭容的過去，並串起慌忙之中被她忽略的關聯性。

在兩幕場景裡，那名與他相伴而行的男子，以及揪著他衣襬下跪痛哭的年輕男子，是同一個人。最初她沒有認出來，是因爲後者形如枯槁，狼狽不堪，和前者的意氣飛揚相差甚遠，不變的似乎只有那雙灰色的眼珠。

那個男人是誰？跟康旭容是什麼關係？他們之間發生了什麼事？

……不知道康旭容現在還好嗎？

她是第一次如此害怕，害怕他再也醒不過來，如果不是他及時張開了眼睛，她幾乎就要當場崩潰。

她從來沒看過他這副模樣，他是不是身體出了問題，卻刻意瞞著她？

時間在不知不覺中流逝，很快迎來清晨。

一夜未眠未讓蕭宇棠感到疲憊，反而更有精神。

她等不到交紀錄表的那一天，她想立刻見到康旭容。

看了眼手機時間，還不到七點鐘，她想了想，還是咬牙傳訊息給他，康旭容迅速回覆了，劈頭就問她是否發燒了？她回答是。康旭容說他與別人有約，現在人在外面，問她願不願意來校外拿藥。

平時她只有寒暑假才有機會在校外見到康旭容，因此她既期待又莫名有點心虛，換好衣服出門前，還回頭看了依然沉睡中的蘇盈一眼，小心翼翼關上了門。

兩人約在離學校不遠的超商碰面。康旭容衣著輕便，整個人看起來神清氣爽，臉上已不見昨日的壞氣色。

他將手上的藥錠和紙杯遞給她，「把這顆藥吃了吧，我跟超商店員要了溫開水。」

蕭宇棠不知怎地脫口而出：「可以先不吃嗎？我感覺還好。」

「不行。」

康旭容態度強硬，她只得乖乖依從。

等待退燒的過程中，他問了她怎麼會發燒，她早有準備，從容不迫地說出剛剛在路上想好的藉口：「也沒什麼，昨晚我看了一部驚悚片，可能受到了驚嚇吧。」

康旭容嘴角微微上揚，她怔了一下。

「我挺想知道是哪部恐怖片會嚇到妳。」他說。

沒多久康旭容拿出耳溫槍替她量測，確定她已退燒，便從包包取出一條咖啡色的圍巾，「這是妳昨天掉在我那兒的，先圍上。」

蕭宇棠隨意地將圍巾纏繞在脖子上，康旭容卻突然伸手為她調整，她險些往後倒退一步，費了好大的力氣才讓自己定住不動。

「昨天我嚇到妳了吧？」

她心跳登時漏了一拍。

他看出她在說謊？

「沒有啊，就……稍微有點緊張而已。你叫都叫不醒，誰知道你是睡得太熟還是昏倒啊。」她尷尬地轉移話題，「你不是跟朋友約見面嗎？」

「不是朋友，那個人妳也見過。」康旭容也不再多問，順著她的話說道：「如果妳還有精神，可以跟我一起去，但不能告訴別人。」

蕭宇棠在他的注視下不由自主地點頭。

她跟著康旭容來到一家咖啡館，康旭容約的人還沒到，她先點了一杯咖啡提神，減緩藥物帶來的睏倦感。

「不管來人等等說了什麼，妳都必須保持冷靜，尤其不能發脾氣。」

康旭容這麼一提醒，蕭宇棠更加好奇對方的身分，爲什麼他認爲她會對那個人發脾氣呢？

當劉治桀的父親在他們對面坐下，她終於恍然大悟。

「劉先生，謝謝您願意再次跟我見面。」康旭容客氣地說。

「沒什麼，這是最後一次了，畢竟你幫過我兒子。」

理掉鬍子的劉父，形容已不若先前的狼狽，他用那雙沉鬱的瞳眸瞥了眼蕭宇棠。

「她是德役的學生，對治桀遭遇的憾事心存疑惑，我冒昧帶她過來，想讓她聽聽眞實的情況。」康旭容面不改色地說謊。

聞言，劉父露出一抹複雜的笑容，分不出是慶幸還是挖苦，「原來德役還是有腦子清楚、不受吳德因蠱惑的孩子嗎？」

雖然明白眼前這人怨恨著校長，但聽到他說校長的壞話，蕭宇棠心裡還是很不舒服，她張了張嘴想說些什麼，對上康旭容望過來的視線，又把話吞了回去。

「她不了解事情的全貌，只聽說治桀不願意轉學，但您和您的妻子都不尊重他的意願，一味勉強他，最終治桀才會想不開。」

「是啊，她當然只會聽到這些。吳德因本來就擅長掩蓋眞相，用片面之詞誤導學生，會信任她的孩子基本上都沒救了，事情沒有發生在自己頭上，他們不會了解吳德因做的事有多殘忍。」劉父毫不意外。

「您的意思是，我們聽說的不是眞相？」蕭宇棠盡力隱藏住不悅，「他之所以走上絕路，跟轉學沒有半分關係？」

劉父看著她，眼神空洞，「那只是最後一根稻草，眞正把我兒子逼上絕路的，是他在德役的經歷，妳不知道他一直以來都被同學和老師霸凌吧？」

不可能！蕭宇棠差點衝口而出，她深吸一口氣，說：「據我所知，校長不可能容許校園霸凌發生，一旦查實，她絕對會嚴厲懲處，沒有通融的餘地。」

「是啊，但如果那個被霸凌的孩子本身有『道德瑕疵』，就算被討厭也是自作自受呢？」劉父垂下眼睛看著桌面，聲音帶著痛苦，「治桀小學的時候，曾因爲功課不佳被老師嚴重體罰，留下了陰影。他是一個很乖的孩子，不但沒有自暴自棄，反而拚命用功念書，成績漸漸名列前茅，也在德役交到很多好朋友。不過他最好的朋友，偏偏是那種天資聰穎的學生，同樣的考試範圍，治桀需要讀一整天，對方可能只要讀一小時就夠了。

「治棨因成績優異而受到師長朋友喜愛，他害怕一旦考差了，就會失去擁有的一切。他的得失心愈來愈重，對朋友心懷嫉妒，於是趁著無人的時候，進入老師辦公室，偷偷竄改朋友的段考成績，過程全被監視器拍下……」

喝了口茶，劉父眼角微微抽搐，面無表情望向窗外。

「這件事學校沒有鬧大，表面上他的好友和老師也都原諒了他。但此後治棨像是一個不存在的人，他們確實沒對治棨動手動腳，也沒惡言相向，他們只是當作沒看到他。」

劉父轉而看向蕭宇棠，「妳懂這是什麼意思嗎？治棨想擔任班上幹部，他的朋友們裝作不知，治棨提名自己，卻沒有人願意投票給他；分組作業、班級活動，他的意見不再被採納，他的主動沒有人領情。長達一年的時光，所有人都在對他施以冷暴力。」

熱茶的冉冉白煙，熏紅了劉父的眼眶。

「我知道我兒子做錯事，但他才十四歲，只是個孩子，爲什麼他們對他的態度就像是他殺了人？妳能想像不再被別人信任的感覺嗎？能想像當自己決心改過，卻失去所有機會的絕望嗎？這些都是吳德因一手造成的，是她那該死的謬論，教育出一群不像『人』的怪物。」

說到激動處，劉父目光狠戾，言語尖銳，蕭宇棠竟啞口無言了。

「除了同學，他的老師也是幫兇，她把治桀當作隱形人看待，即便全班只有治桀舉手回答問題，她也不會點名他上台。治桀死後，我質問那個老師，她還哭哭啼啼地狡辯，說什麼因爲治桀的解題方式比較難懂，擔心其他同學無法理解，才沒讓他答題，不是故意無視他。」

說到這裡，劉父深深吐出一口長氣，臉上布滿哀慟，「是康醫生發現治桀身上有自殘的傷口，從旁開導他，並跟我們聯絡，我才得知他承受了這麼多的痛苦。剛好那時，我與妻子協議離婚，便想藉此安排他轉學，可是這孩子竟認爲離開德役，他就什麼都沒有了，於是放棄了自己的生命。」

蕭宇棠手中的咖啡已經涼掉了，三人之間維持著奇怪的靜默，她看了一眼康旭容，這個人似乎沒有開口說話的意思，幾經思考，她抬起頭對劉父說：「您和校長是不是有過一次談話？可以請問當時您和校長談了什麼嗎？」

在那之後，劉父就沒再來學校鬧事了，難道不是解開誤會了嗎？

劉父閉了閉眼，像是在強忍著情緒，「吳德因給我看了一封信，是治桀寫給她的，留下這封信他就自殺了。信裡面，他完全沒提到自己被老師同學霸凌，只說自己犯了永遠無法被原諒的錯……」

劉父重重喘了口氣，繼續說道：「不只那些人，竟然連我兒子都認爲，他是一個

『錯的人』，沒有資格得到饒恕……我沒想到治桀被洗腦得那麼嚴重，連到最後，還那樣信任著那女人，反過來怨怪我和他媽媽不肯讓他留在德役。是，沒錯，是我兒子有錯在先，也是他自己決定走上絕路的，但若不是吳德因灌輸全校師生那番謬論，治桀怎麼會落得如此下場？」

說完這些像是用盡了劉父所有的力氣，慷慨激昂散去，面上只餘漠然。

「我該說的都說了，往後的日子，我只想好好陪伴治桀的媽媽，她因為治桀的離去而崩潰，我不希望她再為此受折磨，所以就不深究下去了，但我永遠都不會原諒吳德因。」劉父對康旭容點頭致意，「康醫生，謝謝你還肯關心我們，以後就不需要再見了。」

「我明白了，抱歉一再打擾您，這次的茶點由我請。」

康旭容拿著帳單到櫃台結帳，留下劉父和蕭宇棠。

「妳今年幾歲？在德役念書幾年了？」

劉父冷不防提問，蕭宇棠遲了兩秒才應答。

「其實妳無法認同我的話吧？」劉父彷彿看穿了蕭宇棠的遲疑，「是不是覺得我在強詞奪理？認為我和我妻子平常不關心治桀，事發後才在推卸責任？」

蕭宇棠一時困窘，說不出話來。

劉父意味不明地笑了一聲：「妳和妳父母的關係好嗎？」

「……我很久沒他們的消息了。」

「為什麼？」

「他們把我留在德役就不管了。」她含糊地說。

「真的是這樣？」劉父幽幽地說，「建議妳多去打聽一下，看看那些把孩子送到德役的父母是怎麼想的，包括妳父母，別吳德因說什麼就信什麼。」

目送劉父離去後，蕭宇棠皺著眉，想對康旭容說什麼，又不知該如何表達。

康旭容問：「他說的話讓妳很不高興？」

這男人分明是明知故問，她不予理會，只悶悶地說：「校長知道你和他私下聯絡嗎？」

「她不知道，也沒必要向她報告，這是我自己想做的事。」

明知劉父對吳德因恨之入骨，他卻暗自跟對方見面，聽對方極力誹謗吳德因，蕭宇棠覺得這是不對的，她有些難以接受，像是遭到了背叛。

然而劉父眼神裡的哀傷以及那番沉痛的陳述，一直在她腦中迴盪，令她莫名焦慮。

不會的，校長不會是他所說的那種人……

「我要回去了。」

蕭宇棠低著頭，抬腳便要走，男人叫住她，手掌貼上她的額頭，確認體溫沒有再升高才放她離開。

「路上小心點，今天的事別告訴任何人。等寒假結束，我有話跟妳說。」

和康旭容分別後，蕭宇棠過了好一會兒才回過神，拿出手機想查看時間，卻發現有一堆未接來電，全是蘇盈打的。

她即刻回電，蘇盈馬上接起。

「宇棠，妳人在哪？」

「我出來買點東西，現在要回去了。」她隨便找了個理由。

「眞是的，打那麼多通電話妳都不接。妳快回來，我有非常重要的事要跟妳說！」

蘇盈語氣中的焦急，令蕭宇棠感到不安，匆匆踏上回程。

待蕭宇棠一回到寢室，蘇盈便衝到她面前壓低聲音說：

「宇棠，兩年前，眞的有一個叫宋曉芠的交換生！」

第五章

「妳確定？」

「對，妳看這個。」蘇盈讓蕭宇棠看手機裡翻拍的照片，那是一張印有德役校徽的公告。「這份交換生名單是我在偶然間找到的，裡面有個叫做『宋曉苳』的人，不知道是不是只是名字同音，還是眞的是她。」

蘇盈放大畫面，上頭顯示的名字，和姜萬倩昨天寫給她的一模一樣。

「是這個名字沒錯嗎？」

蕭宇棠茫然地點頭。

蘇盈當場打了個冷顫，怪叫起來：「眞的假的？我起雞皮疙瘩了。宇棠，我跟妳說，這件事有點怪，這份名單不是在我們學校官網上找到的。歷年來德役的交換生都是四十名，只有兩年前是三十九名，缺少的正是宋曉苳！」

說完，她又連上學校官網，調出兩年前的公告，證明自己所言不假。

蕭宇棠眨了眨眼，艱澀地問：「妳這份名單是從哪找到的？」

「一個國高中考生的網路論壇。有人分享她兩年前到德役當交換生的經驗，我想到妳小學同學編造出來的故事，時間也是在兩年前，一時興起點進去看，就發現了這張公告。」

儘管嘴上說相信姜萬倩，其實蕭宇棠心裡仍半信半疑，沒想到除了姜萬倩和她的鄰居，竟還有其他證據能證明宋曉苳的存在，她不由得胸口發涼。

「爲什麼這份名單會和學校官網上的不一樣？」

「我也不知道，不過妳瞧，名單上的資料顯示宋曉苳來自璟詠國中。妳那同學……是叫姜萬倩沒錯吧？妳要不要跟她確認看看？」

事不宜遲，蕭宇棠馬上傳訊息給姜萬倩。

「宋曉苳國中讀哪間學校？」

她藏了一個心眼，沒有直接問宋曉苳是不是讀璟詠國中。

「是璟詠國中呀，怎麼了？」

看到姜萬倩的回訊，她竟不覺得意外。

「怎麼樣？」蘇盈緊張地問。

「她說是璟詠。」她表情木然。

「搞什麼？太毛了吧？這是怎麼回事？」

她也想知道到底是怎麼回事？

「蘇盈，把那個論壇給我看一下。」蕭宇棠急切地說。

「好，妳等等。」蘇盈上網搜尋，沒多久卻「咦」了一聲。

「怎麼了？」

「不、不見了。」蘇盈錯愕地抬頭看向蕭宇棠，「那個論壇不見了！」

「怎麼可能？」

「眞的啦。我搜尋不到網頁，那個論壇好像憑空消失了！」蘇盈急得跳腳，「怎麼會這樣？剛才明明還在的啊！」

事情變得更加詭異離奇，蘇盈靈光一閃，「我們打電話到環詠去問吧，學校總會留有紀錄！」

但再怎麼著急，她們也只能等到上班日才能做進一步的探查。

隔天第一堂下課鐘一響，兩人溜到校園偏僻處，由蘇盈謊稱自己是宋曉芠本人，打電話到環詠國中請調兩年前的交換生資料，過程開啟擴音，讓蕭宇棠也能聽見。

然而另一端卻傳來學校職員斬釘截鐵的聲音：「請不要開玩笑，我們學校沒有這個學生。」

蘇盈還來不及多說幾句，電話便被掛斷了。

兩人面面相覷。

「名單上寫得很清楚，宋曉芠來自環詠，爲什麼環詠卻不承認有宋曉芠這個學生？」蕭宇棠皺眉。

蘇盈不甘心，「宇棠，妳要不要打電話回小學問問？」

蕭宇棠想想也覺得可行，便著手行動。

電話撥通後，順利聯繫上蕭宇棠過去的班導師，對方接到她的來電很高興，但問起宋曉苳，班導師卻堅定地說：「我們班上沒有這個人啊，宇棠妳是不是記錯了？」

結束這兩通電話，事情不僅沒有變得明朗，反倒更像是走入了一團迷霧之中。

蕭宇棠強壓下心中的不安，「也許眞的沒有宋曉苳這個人。」

「可能吧。可是，我確實有看到那篇論壇文章，我沒有騙妳。」蘇盈慌亂地對蕭宇棠解釋。

「我也看到了那份名單，不會認爲妳在說謊。」蕭宇棠安慰她。

「奇怪，那份名單到底是打哪來的？難不成也是姜萬倩僞造的？她爲什麼要做這種事？」蘇盈沉吟道。

蕭宇棠不想懷疑姜萬倩，然而事到如今，她希望這一切全是姜萬倩自導自演，這是最好的解答，否則，她實在不知道該相信什麼。

「也許只剩這個辦法了。宇棠，要不要試試？」

蘇盈提議，找出當年璟詠國中另一名交換生，若是能聯繫上這個人，說不定就能眞相大白。

那是個男生，名叫杜成範。她們透過臉書搜尋，排除掉同名同姓但年齡、居住地區不符的對象後，很快找到一個可能的人選。

當蘇盈說暫時別將這件事告訴陳緗緗和楊欣時，蕭宇棠沒有反對，以她目前紊亂的心情，實在也沒有餘力對其他人解釋更多。只是兩人鬼祟的行徑很快惹來陳緗緗的抗議，抱怨她們怎麼老是一下課就不見人影。

爲了不引起不必要的關注，兩人商量好，等放學回宿舍後再繼續。像是察覺出她的心神不寧，晚上回到宿舍，蘇盈問她，要不要就此收手，就當什麼事都沒發生過。

蕭宇棠沉思了會，搖了搖頭，她更想解開謎團。

蘇盈看了她一眼，很快藉由臉書傳訊給杜成範，並證實對方就是她們要找的人。她們向他打聽兩年前璟詠國中來到德役的交換生有幾個人，杜成範在回覆的過程中明顯猶豫了，對話框持續顯示正在輸入中，卻遲遲不見他傳來訊息。

這不是一個很難的問題，爲什麼杜成範久久無法回答？兩人不免心生疑竇。

過了兩分鐘，杜成範回應表示，只有他一個人。

蘇盈自是不信，於是出言試探。

「我聽老師說，當年還有一個名叫宋曉苳的女生也是從璟詠來的。」

「什麼？我以爲這件事是祕密耶！」

蕭宇棠和蘇盈吃了一驚，蘇盈趁勢又補上一句：「可是老師提起她的時候，態度很自然，不像是什麼祕密呀。」

杜成範信以爲眞，「是喔？那應該是不需要再保密了吧。當年我們學校是有一個女生跟我一起來德役當交換生沒錯，也就是妳說的宋曉苳。」

兩人對視一眼，蘇盈不想讓杜成範起疑，便迅速扯開話題，轉而與杜成範聊了起來。

蕭宇棠則恍恍惚惚地回到自己的書桌前坐下。

「宇棠，妳還好吧？」

蘇盈喊她的時候，她還回不了神，傻傻地看著蘇盈，連簡單點個頭都做不到。

「我在想，要不要乾脆把杜成範約出來問清楚？不然妳也會一直掛念著這件事吧？」蘇盈問。

蕭宇棠沒直接回應，喃喃道：「我不懂……明明就有宋曉苳這個人，爲什麼不論是我們學校的官網，還是她讀過的學校，都說沒有這個學生？就連杜成範一開始也否認她的存在。」

「所以才要當面去問個水落石出呀，看看宋曉苳究竟發生了什麼事，讓所有人都諱莫如深。而且，就算眞有她這個人，也不代表她的消失與妳有關，不能單憑姜萬倩的一面之詞，就把事情攬在身上。」蘇盈像哄孩子一樣安撫她，「等我們跟杜成範見過面後，姜萬倩的謊言就會不攻自破。既然她說宋曉苳長得跟妳一樣，那就讓杜成範親眼見見妳，我才不信有這種事，到時候妳便能以此作爲反駁，看姜萬倩還有什麼話好說。」

蕭宇棠感激地扯了扯嘴角，蘇盈這一席話，略微減輕了她心中的不安。

蘇盈持續和杜成範來往，終於約好在放寒假前的最後一個週末見面。

爲了不使對方感到侷促，蘇盈讓蕭宇棠先在附近的超商等待，收到她的通知再現身。

就在這個時候，姜萬倩傳來訊息問候蕭宇棠的近況，並客氣地表達希望寒假能再次會面。

蕭宇棠還沒來得及回應，蘇盈的通知訊息便來了，於是她匆匆收起手機，戴上口罩，動身前往對街的連鎖咖啡店。

推開門，她很快看到坐在蘇盈對面的男生，他長相斯文，和蘇盈聊得正起勁，似乎個性很開朗。

蘇盈將她拉到身邊坐下，笑容滿面地介紹：「她就是我的好朋友，叫蕭宇棠。」

「嗨，我叫杜成範。」杜成範對她的出現絲毫不覺意外。

見他如此反應，蕭宇棠便知蘇盈已做好鋪墊了。

「對了，之前我不是問你認不認識一個叫宋曉荎的女生？有人說我這朋友長得很像她，你覺得呢？」蘇盈遞給蕭宇棠一個眼色，示意她摘下口罩，露出全臉。

杜成範怔怔注視蕭宇棠，半晌才說：「不好意思，妳能不能稍微說幾句話？」

她故意問道：「怎麼了嗎？」

「哦，我只是有點嚇一跳……如果不是聲音完全不同，我還以爲妳就是宋曉芝本人。」杜成範一臉不可思議。

「眞有那麼像？」蘇盈瞠目。

「嗯，我本來都快忘記她的長相了，但一看到妳朋友的臉，我就想起來了。不過宋曉芝的聲音很細很尖，就像小孩子一樣。」杜成範聳肩，「我知道她這個人，但我和她沒什麼交集，不管是在璟詠還是在德役，我們都沒有同班過，平常也不怎麼說話。」

「是喔？那你最初爲什麼說只有你一個人到德役當交換生？」蘇盈故作輕鬆地開口，悄悄在桌子底下握住蕭宇棠發冷的手。

「是學校要求的。我結束交換回到璟詠後，才聽說宋曉芝不見了。老師給出的說法是，宋曉芝家裡遇上一些麻煩，家人臨時把她從德役帶走，舉家逃到國外去。爲了她和她家人的安全，老師請我們不要對外洩漏任何有關她的訊息，別人問起就當作沒這個人。我和朋友私下討論過，我們懷疑他們家大概是欠了一大筆債，但也有人猜或許是比欠債更嚴重的事。」

蘇盈又問：「那你知道宋曉芝是怎麼在德役失蹤的嗎？」

「我在德役的朋友跟我說，宋曉芝在上課途中去了趟廁所，就沒再回來了，那是結束交換前兩天的事。」事情過得有點久了，杜成範歪著腦袋努力回想。

蘇盈推斷，「按照交換生計畫結束的時間，宋曉芠應該是在五月底失蹤的吧？」

蕭宇棠一聽，猛然打了個冷顫。

前年五月底……她差不多也是在那個時候，被人發現倒臥在廁所中，而當她醒來之後，一切都變了。

這是單純的巧合嗎？

還是，她眞的與宋曉芠的失蹤有關聯？

「還有一件事很奇怪。」杜成範重重拍了下手，「宋曉芠當初到底爲什麼能夠錄取交換生啊？能去德役當交換生的人，不是課業好、體育優異，就是有特殊的才華。但宋曉芠根本不符合資格，所有人都懷疑她是靠關係拿到名額的。」

「她這麼想去德役？」蘇盈眨眨眼。

杜成範兩手一攤，「我也不清楚，她各方面的表現都很平庸，平常沒什麼存在感，我之前從來沒有特別關注過她。」

蕭宇棠感覺自己無法再繼續留在這裡聆聽兩人接下來的對話，便藉口有事要先走一步，蘇盈沒有阻止她，臉上閃過一絲擔憂。

回到宿舍後，蕭宇棠躺在床上久久不動。

她想不起來。

無論怎麼努力回想，她就是想不起自己昏倒在廁所那一天發生了什麼事。所有的經過，她都是從康旭容口中得知，她的記憶缺失了一塊，而現在看來，這似乎與宋曉芟脫不了關係。

究竟是出了什麼事，使得以德役爲首的一干學校，全面封鎖宋曉芟的消息，甚至竄改她的就學紀錄，不讓任何人找到她？

蕭宇棠打開手機網頁，輸入「宋曉芟」、「德役」、「失蹤」幾個關鍵字，仍是一無所獲。

她不禁想，是本來就沒有這些資料，還是曾經有過，只是被人蓄意抹除？

若是後者，下令這麼做的人，又是爲了什麼？

✦

蘇盈幾乎是跟在蕭宇棠的腳步後面回到了宿舍，並硬是把死氣沉沉的蕭宇棠拖出去，兩人繞著操場外圍散步。

從質疑姜萬倩是心懷惡意的騙子，到一步步證實她所說的都是眞的，蕭宇棠找不出謎團的線頭，反而被千絲萬縷的線索纏得愈來愈緊。她心事重重，先是沉默，走著走著，忍不住問蘇盈，倘若自己確實牽涉到宋曉芟的失蹤怎麼辦？

蘇盈想也不想就給她一枚白眼。

「妳的意思是，妳殺了宋曉苳，再把她的整張臉皮移植到妳臉上？妳覺得這聽起來像話嗎？妳有沒有做，妳自己會不知道？而且妳當所有人都瞎了，沒一個人看出來妳換了張臉？」

蕭宇棠呆了幾秒，噗哧笑出聲來。

但瞬間浮上心頭的某段往事，凝結了她的笑意。

不對……

「這不過是湊巧而已。」蘇盈篤定地說。

「可是，到底爲什麼宋曉苳會長得跟我那麼像？天底下眞有這種巧合？另外，既然宋曉苳跟我長得那麼像，她來德役當交換生那段期間，怎麼從來沒有人跟我提起過？」蕭宇棠喉嚨乾澀。

蘇盈歪頭想了想，「可能妳們彼此的朋友圈沒有交集吧，我們學校的學生人數那麼多，哪能每個人都認識？」

見蕭宇棠仍面色凝重，蘇盈勾住蕭宇棠的手，溫聲安慰：「別想太多了，就算我們證明有宋曉苳這個人的存在，以及她長得跟妳非常相像，那又如何？杜成範不是說了，她不是失蹤，是跟著家人一起出國了，學校隱瞞她的消息也是爲了保護她。況且說到底，這些根本就不關妳的事，犯不著揪著不放，更犯不著爲此心煩。就讓這件事到此爲止吧，好不好？」

蕭宇棠看著蘇盈，緩緩地點了下頭。

✦

這個學期最後一天上課，蕭宇棠到保健室交了紀錄表，但她沒有馬上離開，沉默地坐在保健室的角落，任由上課鐘聲響起。

這兩天蘇盈的話一直在她心中迴盪。

她反覆說服自己，如果她換了面孔，身邊的人不可能毫無反應，她確確實實就是蕭宇棠，也確確實實天生就是長這副模樣。

可她怎麼也遏止不了自己回想起當年重返校園時，那些無時無刻朝她投來的目光。她曾經以爲是自己太神經質，身邊好友也說，她昏迷一個月的事在校園引起軒然大波，而她安然無恙歸來，自然會受人關注。

如今想來，那些意味難明的目光，卻似乎有另一種解釋，好像所有人共同擁有了一個有關她的祕密，只有她自己不知道……

這樣的猜測太過離奇，正常人都不會如此推斷，她卻無法不動搖，畢竟這不是她身上第一件有違常理的事。

幾天來細細地探究，她更發現自己的記憶出現斷層，有太多無法解釋的空白，導致她對著鏡子看著自己的臉時，已不敢百分之百肯定，這是自己原本的面孔。

只是無論從哪個角度推論，最終都會走入死胡同，找不出答案。

「吳德因本來就擅長掩蓋真相，用片面之詞誤導學生。」

劉父的話驀地在腦中浮現。

抹除宋曉苳存在的痕跡，有可能是出自於校長的授意嗎？

不，不會的！蕭宇棠不禁對自己起了嫌惡。

她討厭處處疑神疑鬼的自己，更討厭自己竟然開始懷疑吳德因，但她就是不能夠將宋曉苳的事拋諸腦後。

「宇棠。」康旭容見蕭宇棠發呆了好一段時間，終於忍不住走到她面前，「怎麼了嗎？」

男人的注視讓她幾度欲言又止。

明明有很多話想跟這個人說的。

她囁嚅半晌，最後問了一個不相干的問題：「沒、沒什麼，我突然想到，後來我有幾次燒到四十幾度，你卻沒有再做檢查，就直接給我藥了，這樣沒問題嗎？」

康旭容語調平靜，「嗯，已經不需要了。」

這男人話說一半的毛病還是一樣，這次她卻失去了追問的衝動，其實問與不問並不重要，她只是想暫時待在看得見這個男人的地方。

他的手輕輕落在她頭上。

「沒關係，想說的時候，再說就行了。」康旭容低語。

她所有的茫然無措，在這句話裡凝聚成酸楚的情緒。

會有這樣想哭的心情，是因爲她知道，無論迷霧背後隱藏著什麼，這個男人都會站在原處，不會走遠。

無論她是什麼人，他對她的態度永遠不會改變。

✦

收拾好行李後，陳緗緗與楊欣來到蕭宇棠和蘇盈的寢室，向她們道別。

一聽陳緗緗說她寒假會待在姑姑家，等楊欣父母出國度假再去楊欣家住，蘇盈好奇地問：「妳不回自己家呀？」

「我不想看見我爸媽，雖然我和姑姑也不親近，但至少比跟爸媽住在一個屋簷下好。」陳湘湘厭惡地說。

蘇盈嘆息，「也是啦，每天面對討厭的人確實很煩。像我也……」

「妳爸媽不會希望妳回家嗎？」話一出口，蕭宇棠就後悔了，但來不及了，其他三人愕然地看著她，陳緗緗更是不悅地擰眉。

「什麼意思？妳爲什麼這麼說？」

「宇棠的意思是，妳有沒有跟妳爸媽說一聲吧？」楊欣幫腔說道，蕭宇棠馬上用力點頭。

「哼，沒那個必要！我姑姑會跟他們說的。」陳湘湘看看時間，「我們該去搭車了。蘇盈、宇棠，拜拜嘍！」

楊欣對兩人擺手，跟在陳湘湘身後離開。

蘇盈準備去搭車前，再三和蕭宇棠確認，「眞的不一起去車站？」

「嗯，我是晚上的車，現在去太早了。」蕭宇棠淡淡地說，聽到蘇盈的手機接二連三傳來提醒聲，她忍不住挑眉，「到底是誰一直傳訊息給妳啊？」

「杜成範啦，他最近沒事就找我聊天。」

「他不會對妳有意思吧？」這答案大大出乎蕭宇棠意料之外。

蘇盈大方地說：「我覺得是，希望他別跟我告白，不然我還得想辦法拒絕，我可是有喜歡的人了。」

「那個人是誰？是我們學校的學生嗎？」從蘇盈平常的表現，蕭宇棠完全看不出來她有特別關注誰。

「一半。」

「啊？」

「我是指妳答對一半，剩下的不能再透露了。」蘇盈俏皮地吐舌，「我只告訴妳一個人，妳可別跟緗緗還有楊欣說喲。」

怎麼連蘇盈都變得跟康旭容一樣愛賣關子了？蕭宇棠啼笑皆非，唇邊浮現一絲笑意。

蘇盈見狀嚷道：「妳可終於笑了，這幾天緗緗她們偷偷問我妳怎麼了，我都不知道該怎麼回答。都怪我，大驚小怪扯出那麼多事，害妳那麼煩惱。」

說完，她內疚地嘆了口氣。

「抱歉讓妳擔心了。」蕭宇棠感到過意不去，「妳幫我這麼多，我要謝謝妳才是。」

「謝什麼啦，我們是什麼交情！別太在意了，要是還有誰懷疑妳的長相，妳就拿以前的照片出來證明！」蘇盈笑嘻嘻地抱了她一下，「好好放鬆去玩一玩，我會常跟妳聯絡的，要乖喔。」

蘇盈離去後不久，蕭宇棠也提著行李走出宿舍。

她搭乘捷運來到吳德因為她安排的一間小公寓，那是吳德因個人名下資產，離市區不遠。

吳德因並不住這裡，爲了不讓她心裡有負擔，便稱拜託她幫忙照顧房子，以免房子久沒住人會敗壞，並笑言，如果她喜歡，未來可以一直住下去。

蕭宇棠沒有將吳德因的玩笑話當眞，但確實能感受到吳德因對自己的愛護與看重，並爲此深受感動。

她不想爲吳德因帶來麻煩，所以她沒有讓任何同學知道，她寒暑假借住在吳德因的公寓裡，包括和她最要好的蘇盈。

爲公寓徹底做過一番大掃除後，蕭宇棠的心情總算不那麼鬱悶了，也比較有心思迎接假期了。

晚上蘇盈傳來一張照片，是杜成範約她出遊的對話截圖，以及一則訊息：「他肯定是想追我。」

她笑著回傳一張吃驚的貼圖，跳回聊天室列表，蘇盈的下方正是姜萬倩的名字，她突然想起自己還未回應對方見面的邀約。

蕭宇棠猶疑半晌，還是點開了姜萬倩的對話框。不論她和宋曉荖之間到底是怎麼回事，她都不能對姜萬倩的境況視而不見，她看到的畫面或許是姜萬倩的過去，但那些過去已經過去了嗎？姜萬倩現在就安然無恙了嗎？

再者，她必須就她所知道的關於宋曉荖的消息，和姜萬倩把話說開。

等這些事處理完，今後就沒有再見姜萬倩的必要了。

✦

本來兩人約定週日見面，姜萬倩卻感冒了，一早蕭宇棠就接到姜萬倩的電話，她帶著濃重鼻音的嗓音飽含懊悔與沮喪。

「妳有去看醫生嗎？」

「沒有，我家附近的診所沒開，醫院又太遠了，我在家休息就好。眞的很抱歉，沒想到會忽然感冒，症狀有點嚴重，我擔心見面會把病菌傳染給妳，等我感冒好了再跟妳約，對不起。」姜萬倩邊咳邊說。

蕭宇棠制止她，「不用一直道歉啦，妳一個人能夠照顧自己嗎？」

聊了幾句，蕭宇棠實在放心不下，決定前去探望姜萬倩。

當她看到戴著口罩、站在公車站牌下等候的姜萬倩，她大吃一驚，上前便是一頓訓斥：「我不是說不用來接我？天氣這麼冷，妳站在這裡吹風是想加重病情嗎？」

「我太興奮了，在家裡根本待不住……」感冒讓姜萬倩含笑的眼睛顯得有些濕潤。

來到姜萬倩的住處，蕭宇棠目睹姜萬倩準備的熱飲和各式點心，更是驚訝得說不出話來。

她明明是來探病的，怎麼反倒令病人爲了迎接她的到來而忙碌？

「我帶了感冒藥和冰袋。」蕭宇棠不意外地見到姜萬倩露出驚喜的神情，她問：「確定不用去醫院？」

「嗯，我原本喉嚨很痛，渾身無力，聽到妳要來，就覺得病好了一大半了。」

姜萬倩眞性情的反應令蕭宇棠心生無奈，也只能說：「沒大礙就好，那我盡量長話短說，讓妳早點休息。」

「好。」姜萬倩立刻坐正，作出一副認眞聆聽的樣子。

蕭宇棠嚥了嚥唾沫，將這陣子調查的結果簡單扼要地說明一遍，「妳說得沒錯，確實有宋曉芠這個人，而且她長得跟我一樣……只是不曉得爲什麼，她過去所有的就學紀錄全被刪除，認識她的人似乎也被勒令噤口。但我私下問過另一個與宋曉芠同期來到德役的交換生，他告訴我，據說宋曉芠不是失蹤，是舉家逃到國外了。」

這番話聽起來漏洞百出，姜萬倩會相信嗎？會不會認爲這是她編造出來的謊言？

如果立場對調，她是不可能會信的。

姜萬倩一時怔住了，臉上有些茫然，「妳問我曉芠就讀哪所國中，就是在調查這件事嗎？」

「對，這就是我和朋友調查出來的結果，要是妳不信，我也能理解。之前是我誤會妳了，我為我的態度向妳道歉。」蕭宇棠咬唇，艱澀地說。

姜萬倩連忙搖頭，「沒關係啦，是我攪亂妳平靜的生活，讓妳為此苦惱，我才該跟妳道歉。只要妳願意相信我，這就夠了！」

沒想到姜萬倩半分質疑也無，一下子就全然接受她的說法，還因為給她帶來困擾而道歉，蕭宇棠心中五味雜陳。

在蕭宇棠眼中看來，用臨時被家人帶往國外這個說法，來解釋宋曉芝的失蹤，實在頗為牽強，身為宋曉芝好友的姜萬倩，難道不會疑心去到國外的宋曉芝為何就此音訊全無，宛如人間蒸發？而那封恐嚇信又是怎麼回事？

想了又想，蕭宇棠一時也理不出頭緒，只得說：「我還是覺得宋曉芝的失蹤別有隱情，但既然學校選擇封鎖消息，我不希望我和朋友暗中調查的事流傳出去。」

「沒問題，我不會說出去的。」姜萬倩乾脆地答應。

宋曉芝一事太過難解，儘管疑點重重，但目前似乎也只能先暫時擱下，況且她今天特地過來姜萬倩的住處一趟，主要還是為了……

「我問妳，這間屋子一直只有妳一個人住嗎？」蕭宇棠切入正題。

「嗯，這是我外婆留給我媽的房子，我媽有男友後就搬出去了。」姜萬倩說。

「妳也交過男友對吧？對方是什麼樣的人？個性好不好？比方說……會不會脾氣不佳、容易動怒、愛摔東西之類的？」蕭宇棠不動聲色地探問。

姜萬倩不疑有他，「不會啊，我前男友從不會對我大小聲，他很疼我，跟他在一起很開心，只是他後來決定回老家經營餐廳，我們就分手了。」

「所以是和平分手？」

「對呀。」沒料到蕭宇棠會和她聊戀愛話題，姜萬倩雙眼發亮，「宇棠現在有男朋友嗎？沒有？那喜歡的人呢？」

蕭宇棠一下子被問得招架不住，連連否認。

姜萬倩還一臉惋惜，「是喔？妳這麼問，我還以為……原來妳心裡還沒有特別在意的人啊。」

蕭宇棠被這句話觸動，喃喃道：「特別在意的人啊……」

「有嗎？是妳的同學？學長？還是別校的學生？難道是大學生？」姜萬倩耳尖聽到，連珠炮般問個不停。

「這、這不重要！」蕭宇棠臉頰升溫，情急之下脫口而出：「妳在生活中有沒有遭遇什麼威脅？」

「威脅？妳是指恐嚇信？對方沒再寄來了。妳說得對，對方的主要目標並不是我。雖然我還是滿擔心的，但好像也只能先這樣了。」姜萬倩憂愁地說。

從姜萬倩的反應觀察不出什麼，蕭宇棠思忖，就算姜萬倩曾遭受暴力對待，應該也是過去的事了，既然已是過去，也沒必要再揭開瘡疤，逼她想起痛苦的回憶。

於是蕭宇棠沒再多說什麼，轉而和姜萬倩閒聊。

半小時後，蕭宇棠準備打道回府，姜萬倩仍堅持送她到公車站牌搭車，而當姜萬倩鎖上鐵門時，蕭宇棠才忽然注意到，姜萬倩卸掉手上的黑色指甲油了。

「萬倩，要去哪裡？」

她們在樓梯間遇到姜萬倩的鄰居，蕭宇棠上次見過的那名孕婦牽著女兒，身邊是提著購物袋的丈夫，一家人剛買完東西回來。

如今蕭宇棠外出都會習慣戴著口罩，孕婦沒認出她來。

姜萬倩笑著回答：「我送我朋友去搭車。」

「哇，妳的聲音怎麼這麼沙啞？感冒啦？」男人的外貌比妻子年長不少，看上去老實溫吞，像是個好好先生，「等一下來我們家坐坐吧，讓妳婷姊煮碗熱湯給妳喝。」

「好呀，我等等就過去。」姜萬倩爽快答應。

出了公寓後，蕭宇棠問她：「那天妳鄰居應該是認出我這張『臉』吧？妳是怎麼解釋的？」

「噢，我、我說妳是曉芠的表姊，妳們長得很像，就蒙混過去了。幸好那天看到妳的不是她老公，她老公很聰明，也見過曉芠幾次，如果是他，多半會起疑。」姜萬倩語帶忐忑，「我這樣說，妳會生氣嗎？」

「不會啊，這有什麼好生氣的。」蕭宇棠沒當一回事。

「啊，妳已經放寒假了，從妳家到我這裡很遠吧，眞不好意思，讓妳跑這麼一趟。」

蕭宇棠一時語塞，「我……」

姜萬倩停頓了一下，忽然雀躍地說：「小學畢業半年後，我就跟我媽搬到這兒了，附近有一攤米粉湯非常好吃，有機會我帶妳去吃好不好？」

蕭宇棠沒有接下這個話題，看著她的眼睛說：「寒假我沒有回家。」

「什麼？」

「我沒有回家。」居然能夠對姜萬倩坦承這一點，蕭宇棠不禁感到驚訝，卻也無端鬆了口氣，「妳其實很想問吧？」

姜萬倩也不隱瞞，「是會好奇……可是我不打算問妳。」

「爲什麼？」

「誰都有不想說的事情，只要妳不想說，我就不會問。」

姜萬倩的善解人意，讓蕭宇棠決定將埋在心裡多年的疙瘩問出口。

「我可不可以問妳一個問題？」經過姜萬倩同意後，她才又繼續說：「以前我休學住院，妳爲什麼不曾來探望我？」

姜萬倩瞪大眼睛，聲音驀地變得高亢：「不是我不想去，當時曉苳告訴我，妳要爲手術作準備，嚴禁任何打擾，所以我才沒去。但我寫了好多張卡片，託曉荖拿給妳媽媽，請妳媽媽轉交給妳呀！」

當然蕭宇棠從來沒收到她說的那些卡片。

可是，這次她不再以爲姜萬倩是在耍弄她、欺騙她了。

「說到這個，以前我很羨慕妳有一個這麼好的媽媽，我媽根本不管我。好幾次我都忍不住想，要是妳媽媽是我媽媽就好了。」姜萬倩的語氣又是感慨又是欣羨。

蕭宇棠自嘲地笑了，「假如我告訴妳，我媽媽也拋棄我了，妳信嗎？」

「不可能。別人的媽媽我不知道，但宇棠妳媽媽絕對不可能。」姜萬倩表情震驚，用力搖頭，眼神帶著前所未有的認眞，「雖然我和蕭阿姨相處時間不長，可是我看得出她有多愛妳。她把妳看得比自己生命還重要，是全世界最好的母親。除非逼不得已，不然她不可能做出這種事！」

察覺到自己的情緒過於激動，姜萬倩尷尬不已，相較之下，蕭宇棠的態度卻始終淡淡的，好像並不在意。

「車來了，我走了。」蕭宇棠上車前瞥見姜萬倩欲言又止的神情，又補上幾句：「快回去吧，生病就要待在家裡好好休息，如果再收到恐嚇信，一定要通知我。還有，妳盡量別抽菸了，對身體不好。」

說完，她頭也不回地走了。

回到吳德因的公寓，蕭宇棠靜靜坐在沙發上。

她打開吳德因送她的筆電，連上全國最大的論壇網站。

搜尋吳德因及德役相關的文章，是她這段時間每天都會做的事。

近來，她不時想起劉治桀父親離去前對她說的話，便開始上網觀看那些家有孩子在德役就讀的家長是怎麼說的。

蕭宇棠不是不知道網路上有人批評吳德因，只是她本來認爲那大都是網路酸民的性別歧視和偏見，如果不是劉父，她不會注意到在那些毫無建設性的謾罵裡，參雜有不少父母的傷心故事。

讓她印象最爲深刻，並且看過無數遍的，是一位母親在去年寫下的文章。

不知道有沒有孩子也在德役就讀的父母，碰上跟我一樣的情況？

我的女兒今年國三，從她進德役的第一天起，我就要求她每週最少打兩次電話回家，平日見不到孩子，我和老公只能透過這個方式了解孩子的近況。

頭一年，女兒乖乖照做，然而隨著孩子在德役的時間愈長，漸漸地，她一兩週才打一次電話，而且口氣很不耐煩，總是說沒幾句就掛斷。

放暑假回來，她不是跑出去，就是把自己關在房裡，有時候幾乎一整天都見不到她的人。最令我驚訝的是，暑假結束前幾天，她趁著大清早我們還在睡覺的時候，偷偷帶著行李回學校，事先完全沒有知會一聲。

到了隔年寒假，我女兒的行徑更是變本加厲。

我受不了女兒的態度，又問不出個所以然，不得已之下偷看了她的日記，竟發現日記裡寫滿了她對我和她爸爸的恨意。

她控訴我和我老公辜負了她，不再是值得信任的對象，想趕快回到德役，一秒鐘都不想待在這個家。

我既震驚又氣憤，拿著日記去找女兒理論，她因此大發雷霆，當天就跑去外婆家沒再回來，之後也拒絕和我們聯絡，打電話不接，傳訊息也不讀，我天天以淚洗面，我老公也非常傷心。

我女兒本來乖巧又貼心，卻在去德役後變了一個人，我忘不了她惡狠狠對我破口大罵的樣子。我經不住這種打擊，導致抑鬱病倒，必須住院休養。

知道我很想女兒，我老公和學校聯繫，請老師幫忙勸說女兒，女兒才心不甘情不願地出現，可是她完全不關心我的病情，還說若不是校長勸她，她根本不想來。

比起我和我老公，她更信任德役的校長吳德因。我問女兒爲什麼？她才向我坦白，她想與最好的朋友上同一所國中，我們卻打著爲她好的名義，逼她報考德役，不僅令她和好友分離，還必須承受一個人在異地生活的恐懼。她說吳德因告訴他們，不要對傷害自己的人付出信任。

我這才恍然大悟，為什麼她會在日記上那樣寫，但我無法接受吳德因身為校長，竟然灌輸孩子這種偏激的想法。

我再三向女兒道歉，我很怕這樣下去會失去她。

可是她不肯給我們機會彌補。

我老公找上吳德因，想請她勸勸女兒，她卻告訴我們，女兒不願意聽勸，她也沒辦法逼迫她。

這根本就是推託之詞吧，我女兒那麼聽她的話，如果她真的有心勸導我女兒，怎麼可能沒辦法？我甚至懷疑，她表面上一套，私下又是一套，不但沒有勸導我女兒，還挑撥我們母女的感情！

醫生說我不能再這樣悲傷下去，但我每天一睜開眼睛就會想起女兒，我無法不痛苦，我究竟該怎麼辦？

這篇文章底下的留言非常多。

有人幸災樂禍地寫下：

做父母的愛慕虛榮，逼孩子去念德役，現在報應來了吧？活該！

還有人尖銳地唾棄：

吳德因說得沒錯呀。就是有你們這種不顧孩子心情的自私父母，才會引起孩子的反彈，然後又推卸責任，不懂得反省，被孩子討厭也是剛好。

但也有人很認眞地爲這位傷心的母親說話：

老實說，如果我是這位媽媽，我也會偷看孩子的日記。做父母的已經無計可施了，只想用盡方法了解孩子的內心，這有錯嗎？沒有孩子的酸民怎麼能體會？

而且我看得出這位媽媽眞心認錯了，也很努力嘗試跟女兒溝通，這點值得讚賞，反倒是她女兒的態度令我不解，一個這麼小的孩子怎麼會只因爲這件事就對父母懷抱這麼大的恨意？

我也爲人母，父母也是人，也會犯錯，誰不是從錯誤中學習怎麼當父母？若爲此就要怨恨父母一輩子、與父母斷絕關係，又怎麼對得起父母養育的恩情？

所以我認同這位媽媽的質疑，吳德因對孩子說的話乍聽之下很有道理，實際上卻存在相當大的問題，尤其身爲校長居然不勸孩子回家，這是在刻意離間父母和孩子之間的感情吧，她的心態十分可議。

吳德因也有過兩個孩子，難道她就不曾在無意間傷過孩子的心？這點我絕對不信。

文章底下兩百多則留言相互爭辯，這位傷心的母親和吳德因都各有支持者。

如果是過去讀到這篇文章，蕭宇棠也會鄙視這位母親，認爲是她先傷害了自己的孩子。

然而與劉治桀的父親當面談過話，並讀了許多站在父母立場的意見後，她漸漸萌生不一樣的想法——父母也會做錯事，但就不能夠被原諒嗎？

當她聽見陳緗緗言談之中盡是對父母的厭煩，便立即聯想到劉父和這位心碎的母親，才會脫口向陳緗緗提出質問。

今天與姜萬倩談過之後，更勾起她掩埋在內心深處的疑惑。

她曾經下定決心不再追究，但姜萬倩話裡那不容置疑的堅定，卻讓她動搖了。

她想知道母親爲什麼拋棄她。

正因爲記憶裡的母親的確如姜萬倩所言，是那樣珍惜並且疼愛著她，她才更不能接受，母親一夕之間態度驟改，對她不聞不問。

倘若母親眞有逼不得已的理由，她也想知道那是什麼。

不管答案是否會更傷人。

第六章

「宇棠，妳現在方便說話嗎？」

臨睡前收到姜萬倩的訊息，蕭宇棠瞬間睡意全消，馬上撥通姜萬倩的電話號碼。

「怎麼了？妳又收到恐嚇信了？」她劈頭就問。

「不是，我是想問妳一件事啦！」姜萬倩趕緊說明，「那個……後天就是除夕，如果妳不嫌棄，願不願意和我一起過？」

還是第一次聽到有人約一起過除夕的。

蕭宇棠心下明白姜萬倩是一片好心，知道她沒回家，怕她會孤單，不過她沒有和姜萬倩共同度過除夕的念頭，於是婉拒：「抱歉，我已經有約了。」

「啊，好的，不好意思，是我太自以爲是了。」姜萬倩的聲音倒聽不出失望。

「妳一個人沒問題嗎？」

「沒問題啦，我習慣了。那就不打擾妳休息嘍，晚安。」

明明直白地拒絕了，她卻仍不時想起姜萬倩那樸拙的關心。

天氣預報顯示，今年除夕不僅有寒流，還會下雨，是近年來最冷的一次春節。蕭宇棠想到姜萬倩那個小小的簡陋的家，裡頭連台暖氣也沒有，溼氣也很重。

她感冒好了嗎？這種天氣要是長時間待在那樣潮溼陰冷的屋子裡，病情會不會加重？

愈是深思，蕭宇棠愈是不能放心。

除夕前一天下午，她來到位於隔壁巷弄的一間民宅，摁下門鈴。

康旭容很快前來應門。

「給你。」她遞出紀錄表。

康旭容的目光在蕭宇棠臉上梭巡一圈，問道：「這幾天還好吧？」

「很好啊。我正要去圖書館還書。」

「記得明天下午五點半過來吃飯。」

從她住進吳德因名下的這間公寓開始，每年她都和康旭容一起吃年夜飯。即使是寒暑假期間，她也必須每週向他提交體溫和血壓紀錄表，自然注意到他似乎也是孤零零的一個人。每逢除夕，他便喊她過去，兩個人簡單地圍爐吃飯，也算是有了些許過年的氣氛，而且他的廚藝意外地還不錯。

事情都交代完畢了，蕭宇棠仍站在原地，一臉欲言又止，康旭容心念一動，「怎麼了？」

「那個……我明天可能沒辦法過來。」她掙扎片刻，還是說了：「我想邀一個朋友一同過年。」

聞言，他眉頭一挑，難得流露一絲好奇，「誰？蘇盈？」

「不是蘇盈，是寫信給我的……那個小學同學啦。她知道我現在也是一個人住，想找我去她家圍爐，但她家環境實在不好，不如來我住的公寓……」她尷尬地抿唇，「對不起。」

「爲什麼道歉？這樣很好。」康旭容眼底浮上清晰的笑意，「不必介意我，妳想怎麼做就去做吧。」

康旭容的笑容，令蕭宇棠思緒停滯，只聽見自己突然響亮的心跳聲。

「好。那、那我走了，再見。」她口乾舌燥，匆匆離去。

冷風迎面吹來，卻無法降低臉頰的熱度，她幾乎要懷疑自己是不是又發燒了。

生日那天，她許下的第三個願望就是：希望他能對她展露眞心的笑容。

願望轉瞬成眞，簡直像是夢一般，她心中充滿欣喜與感動，眼眶湧上一股淚意。

他的笑容和鼓勵，給了她力量和追尋眞相的勇氣。

康旭容說寒假過後有事要跟她說，會是什麼事呢？等這個假期結束後，她也想告訴他，她查出的那些關於宋曉芝的事。

以及，她決定請吳德因幫忙打聽家人的下落，解開埋藏在她心裡多年的疑惑。

姜萬倩受寵若驚地接受了蕭宇棠的邀請，蕭宇棠能從她接連傳來的貼圖感受到她激動的心情。

蕭宇棠好笑之餘，不忘叮嚀她，自己目前借住別人的房子，要姜萬倩千萬別對外聲張。

✦

隔天她開門看到姜萬倩時，訝異地張開了嘴。

姜萬倩將一頭橘髮染回黑色，僅施淡妝，氣質變得截然不同。

她靦腆一笑：「我擔心我的頭髮太引人注目，過來找妳被別人看到不好，就乾脆染回來了。」

「其實不用這樣……」蕭宇棠略微手足無措，很快又注意到姜萬倩身上另一個變化，「妳身上好像沒什麼菸味了。」

「嗯，我正在戒菸。」姜萬倩很開心蕭宇棠察覺到她的改變。

「怎麼忽然決定戒菸？」

「因爲妳勸我別抽菸了啊，幸好我戒了，不然今天都不好意思來見妳！」姜萬倩說得一副理所當然的樣子。

自己的一句話竟對姜萬倩產生這麼大的影響力，蕭宇棠驚愕之下，也有些感動，不禁笑出聲，「妳好怪。」

「咦？我這樣還不行嗎？」姜萬倩低頭檢查自己的裝扮，完全會錯意。

「沒有啦，妳快點進來。」蕭宇棠沒多說，拉著姜萬倩的手就往屋裡走。

兩人一同煮了豐盛的火鍋大餐，並肩坐在電視前收看新年特別節目。

這是一個月前的蕭宇棠怎麼都想像不到的。

從頭到尾，姜萬倩都沒開口打探蕭宇棠借住的公寓是誰的，蕭宇棠不願透露的事，她絕不會過問。

或許正因如此，蕭宇棠才能夠沒什麼負擔地與她往來。

兩人談笑之間，姜萬倩像是倏地想到了什麼，低頭翻找隨身包包，「啊，我忘了把家裡鑰匙帶出來。」

「那怎麼辦？」蕭宇棠低呼。

「嘿嘿，不要緊，我在我家門口的盆栽底下放了一把備用鑰匙。」姜萬倩吐舌，接續方才的話題，「妳推掉原本的約會，讓我過來這裡，真的沒關係嗎？」

「嗯，那個人不會介意。」蕭宇棠的思緒忍不住飄到康旭容身上，不知道他現在在做什麼……

「是男生？」姜萬倩敏銳地問。

「……是男生，但不重要。」蕭宇棠連忙撇清。

「可是宇棠妳臉紅了耶。」

蕭宇棠一驚，結結巴巴地說：「有、有嗎？應該是火鍋的湯頭太辣了。」

她情不自禁想起康旭容的笑容，臉似乎更熱了……

「妳在意的人就是他嗎？」蕭宇棠的欲蓋彌彰瞞不過姜萬倩的眼睛，連連追問：「他是個什麼樣的人？跟妳是什麼關係？」

「我……」蕭宇棠腦中閃過許多與康旭容共同擁有的回憶。

她為不明高熱備受折磨的那一個月，是他寸步不離地照顧她；好幾次她昏昏沉沉地睜開眼睛，看見的是他疲憊得趴在床邊沉睡的模樣；她身體一有異常，第一個察覺到的也是他；離開家人後的除夕夜，是他親自下廚陪她度過……

他為她做的太多太多，她無法將這份心情轉化成語言，也暫時不打算對任何人述說。

於是她硬生生岔開話題：「我有東西要給妳。」

見蕭宇棠不願多談，姜萬倩貼心地配合，「什麼東西？」

蕭宇棠撈過一旁的背包，拿出包裝好的小紙袋，「是指甲油。」

姜萬倩面容一僵，笑意凍結在嘴角。

「為、為什麼要送我這個？」

之所以準備這份小禮物，其實是想感謝姜萬倩，間接促成了她的第三個生日願望實現，蕭宇棠卻不好直說。

她垂下眼簾，錯過了姜萬倩異樣的神情，「妳不是有在擦指甲油嗎？我逛街看到這個顏色很適合妳就買了，是偏亮的粉紅色，妳要不要試試看？」

姜萬倩無聲地點了點頭。

蕭宇棠自告奮勇要爲姜萬倩塗指甲油，只聽姜萬倩吶吶問道：「妳眞的覺得……我適合這個顏色？」

「嗯，之前不好意思告訴妳，黑色指甲油跟妳不太搭，看起來很頹廢，我不是很喜歡。」蕭宇棠邊說邊仔細地塗完第一片指甲。

此時，被她握著的姜萬倩的手竟微微顫抖，蕭宇棠一不小心就塗歪了，訝異地抬起頭，卻瞧見姜萬倩的臉上布滿淚水。

蕭宇棠慌張地問：「怎、怎麼了？我說妳不適合黑色，讓妳很難過嗎？」

「不是，我很高興……」姜萬倩哽咽得說不下去。

蕭宇棠不得不先放下指甲油，「妳到底怎麼了？」

「我只是覺得……能夠再見到宇棠妳，眞的太好了。」她一把鼻涕一把眼淚，「曾經有很長一段時間……我活在地獄裡。可是……還好我撐過來了，才能夠跟妳重逢，一起吃飯……一起過年……嗚嗚……」

「好了好了，妳別哭了啦！」蕭宇棠抽了幾張面紙，替姜萬倩擦去淚水，不自覺陷入沉默。姜萬倩說她曾活在地獄裡，果然是因爲遭受過暴力對待嗎？

姜萬倩的情緒漸漸平復，蕭宇棠也繼續爲她擦完指甲油。

「宇棠，我送妳個回禮吧。」姜萬倩看著鮮亮的指尖，笑容燦爛，「能不能讓我幫妳綁頭髮？我學過一點美髮，編髮的技術還不錯。」

姜萬倩紅腫如核桃的眼睛裡滿是期待，蕭宇棠說不出拒絕。

姜萬倩的手靈活地在蕭宇棠的髮間穿梭，不到十分鐘，便沿著頭的兩側編出兩條魚骨辮，垂在肩膀下的頭髮適當地拉鬆，製造自然的輕盈感。

「宇棠，妳的頭髮很長，綁辮子特別好看。」姜萬倩興沖沖拿起手機，「我們合照一張好不好？」

「只要不上傳到網路就行。」蕭宇棠謹慎地說。雖然姜萬倩和她的生活圈不同，但她不想增加任何一絲讓蘇盈看到這張照片的可能，她不希望蘇盈爲此擔憂，即使她知道姜萬倩不是蘇盈想像的那樣。

「沒問題，我不會讓別人看見的。」姜萬倩高舉手機，臉貼近蕭宇棠，「宇棠，笑一個。」

兩人留下了這唯一一張合影。

姜萬倩今晚留宿在這裡，她們沒打算守歲，十二點前就上床睡覺了。

當蕭宇棠洗漱完畢，從洗手間回到房間，姜萬倩已蜷縮在雙人床的一側沉沉睡去，手裡還握著手機。

蕭宇棠輕輕地從她手中抽出手機，遲疑了一會，便偷偷點開手機。

不出所料，姜萬倩的手機上了鎖，無法藉機探看相簿，不過她在睡前已經將兩人那張合照設成手機桌布。

望了眼熟睡的姜萬倩，蕭宇棠不免疑惑，姜萬倩對著她這張臉，看到的究竟是蕭宇棠，還是宋曉苳？

她這麼珍惜這張照片，是爲了誰？

「要是還有誰懷疑妳的長相，妳就拿以前的照片出來證明！」

蕭宇棠冷不防想起蘇盈的話，宛若在漆黑的夜裡見到一束光。

對！照片！她沒有宋曉苳的照片，但有自己的呀！如果姜萬倩說她不該長成「這副模樣」，那……

她轉而拿起自己的手機，幾個操作後便點進武術社學姊小町的IG照片牆。

因爲和家人失去聯繫，她手邊並沒有小時候的影像紀錄，而她國中使用的手機也在她陷入昏迷後不知去向，直到升上高中一兩個月後，吳德因才又送了她一支新手機，她也是從那時才開始使用社群軟體，也就是說，她現在擁有的，都是高中階段拍攝的影像。

可是小町不一樣，打從她國中認識小町的第一天起，就知道她是個熱愛自拍和拍照的女生，隨時用照片記錄生活裡的點點滴滴，並分享在社群平台上，社團朋友們都笑說，想要找自己的活動照片，到小町的IG搜尋準沒錯。

一路從照片牆往下滑，蕭宇棠偶爾還能發現幾張自己與小町近兩年的合照，但時間愈往回溯，有她的照片卻愈來愈少，在她們相處最密集的國中時期，竟是一張也無。

更奇怪的是，就連武術社那幾年在學期末習慣拍的團體照都不見了，有的只是除了她之外的其他成員的照片，而且那些成員她都叫得出名字，沒有一張面孔是陌生的。

如果她現在頂著的這張臉並不屬於她，如果她原本是另一副長相，那麼在那些照片裡，也應該要有一張很可能屬於她的陌生面孔。

但是沒有。

蕭宇棠心底發涼，轉而搜尋其他武術社成員的IG和臉書，依然找不到任何自己國中時期留下的痕跡。

就像當時沒有她這個人。

她又憶起前陣子偶遇小町時，言談之間，小町對她退社一事表示遺憾，說到一半卻突然打住，不再多言。

那時候，小町本來想說什麼？

這一夜，蕭宇棠失眠了。

隔天她若無其事與姜萬倩相處，姜萬倩在她公寓裡待了兩天，初三才打道回府。姜萬倩不捨與蕭宇棠分離，問她要不要一起出門走走，蕭宇棠反正沒其他安排，便同意了。

姜萬倩帶著蕭宇棠來到她先前推薦過的米粉湯小攤，儘管春節假期尚未結束，位於菜市場裡的小攤倒是已開始營業，客人大排長龍。

兩人面對面吃著熱呼呼的米粉湯，姜萬倩拿起自己的手機操作了下，接著蕭宇棠擱在桌上的手機響了，她納悶地瞄了姜萬倩一眼，點開訊息。

姜萬倩傳來一張照片。

那是姜萬倩與一名短髮女孩的合照，對方長得……和蕭宇棠一模一樣。

姜萬倩低下頭，迅速打了一句話傳過來：「她就是宋曉苳。」

蕭宇棠不可置信地瞪著照片上的短髮女孩。

女孩穿著璟詠國中的制服，戴著眼鏡，臉蛋略顯稚嫩，除此之外，她的五官及神韻，就像和蕭宇棠同一副模子印出來的。

若不是蕭宇棠非常確定，她都要懷疑自己是否有失散在外的雙胞胎姊妹，或是曾經和姜萬倩在哪拍下這張照片了，但她更訝異姜萬倩竟主動傳給她宋曉苳的照片。

她用手機回覆：「為什麼給我看？妳不怕妳的祕密被公開？」

姜萬倩膽怯地張望四周，又傳了一段話過來：「當然怕，可是我發現妳這兩天好像有心事，不曉得是不是又在為了曉苳的事煩惱。妳本來可以不用理我的，但妳不僅盡力追查，還對我這麼好，要是再瞞著妳，我覺得對妳很不公平。」

讀完訊息，蕭宇棠不得不承認自己是感動的。姜萬倩總是一片赤誠待她，即使可能會危害自己的利益，也還是設身處地為她著想。

這需要非常大的勇氣。

她溫柔的心意，驅散了盤踞在蕭宇棠心頭的陰影。

看到蕭宇棠刪掉照片，姜萬倩很意外。

「看過就夠了，不必留著，這樣對妳也比較好吧？」蕭宇棠淡淡地說。

姜萬倩眼泛淚光地笑了。

「宇棠。」

「嗯？」

「我這個要求……可能很自以為是，不過，妳有什麼煩惱，都可以告訴我。就算我不聽明，幫不了妳，但至少還能夠聽妳說，就像妳願意傾聽我的不安那樣，我希望自己能爲妳做些什麼。」姜萬倩語氣誠摯無比。

蕭宇棠凝視著見底的湯碗良久，無聲吐出一口長氣。

「我現在只能跟妳說，」她維持低頭的姿勢，低聲說：「我進德役後，就再也沒見過我爸媽了，他們不但沒有跟我聯絡，還偷偷搬了家，不知去向。」

姜萬倩相當驚愕，「怎麼會這樣？」

「我只記得當年動完手術，我媽就病倒了，一直到我離家前都還昏迷不醒，而且不知道爲什麼，那段時間我弟弟也不見人影。」她頓了頓，才又往下說：「開學後，我打算去拜託校長幫忙打聽我爸媽的下落。我想親口問問他們，是不是眞的不要我了。」

姜萬倩沒有立刻接話，過了半晌才猛然抓住蕭宇棠的手。

「那個，宇棠。」姜萬倩吞吞吐吐地說：「如果妳哪一天要去找蕭叔叔和蕭阿姨，可以讓我陪妳一起去嗎？這麼多年不見，妳心裡也會緊張，對不對？」

雖然覺得姜萬倩的要求有些突兀，但蕭宇棠能感受到她由衷的關心，這也讓她煩亂的心定下不少。

她答應了姜萬倩。

而姜萬倩這個提議爲她帶來的安心感，竟和康旭容帶給她的有點像。

寒假結束後，蕭宇棠還和姜萬倩保持聯繫。她也沒忘記自己的決心，開學第一週便用LINE傳了訊息給吳德因，表示等吳德因不忙時，希望能抽空與她見面，吳德因自是說好。

週六是姜萬倩的生日。

蕭宇棠特意讓姜萬倩晚上排了休假，兩人約好一起吃飯慶生。

沒想到週五晚上，蘇盈幾個好友邀蕭宇棠星期六下午共同出遊，她以自己有事而拒絕，陳緗緗和楊欣卻表示可以陪她去處理事情，反正她們也沒什麼事。

蕭宇棠面有難色，蘇盈以爲她是要去醫院回診，連忙打圓場說：「宇棠是眞的有事，不要勉強她啦！我們自己去玩就好，多拍幾張美照讓她羨慕羨慕！」

蘇盈刻意作出一副傲嬌的姿態，眾人看了都覺得好笑，陳緗緗反過來怪蘇盈壞心，氣氛一下子融洽了起來。

蕭宇棠暗暗感謝蘇盈解圍，也對欺瞞蘇盈感到內疚，決定找時間向蘇盈坦白，希望能獲得她的諒解。

✦

就這樣到了週六，蕭宇棠訂了位於姜萬倩家附近的一間義大利餐廳，姜萬倩下班後直接前來會合。

從蕭宇棠手中接過一件顏色粉嫩的針織毛衣，姜萬倩受寵若驚。

「這怎麼好意思？妳不但請我吃飯、準備了生日蛋糕，還送禮物給我。太讓妳破費了！」

「妳就收下吧。」蕭宇棠笑著說，「蠟燭點好了，要唱生日快樂歌嗎？」

「妳要唱？」姜萬倩露出期待又有點促狹的笑。

此時店裡座無虛席，要是開口唱歌，恐怕會成爲注目焦點。

「……還是算了。」蕭宇棠立即退縮，姜萬倩噗哧一笑，蕭宇棠也忍俊不住。

姜萬倩閉上眼睛，語氣虔誠：「第一個願望，希望我能過得愈來愈好。第二個願望，希望宇棠能夠幸福。」

「妳怎麼把願望用在我身上？」蕭宇棠一怔。

「因爲這是我最大的心願，我希望妳能永遠幸福快樂。」姜萬倩睜開眼睛，燭光在她眼底躍動，「很久沒有人爲我慶生了，我眞的非常開心，我不會忘記這一天，謝謝妳。」

「妳也太誇張了。」怕她又要哭，蕭宇棠催促她吹蠟燭。

兩人相視而笑，分食生日蛋糕。

走出餐廳，臨別前，姜萬倩問：「妳查到了嗎？妳爸媽的住址。」

「還沒，校長最近比較忙，我打算等她工作告一段落，再向她開口。」

姜萬倩若有所思，最後只說了：「好，那妳去找妳爸媽的時候，一定要通知我，我陪妳過去。」

蕭宇棠勾起唇角，「謝謝。」

兩人各自朝不同的方向離去，蕭宇棠才剛搭上捷運，便收到康旭容的訊息，問她人在哪裡。

她將爲姜萬倩慶生一事告訴他，隨後問他：「你在學校？」

「對，有點事必須處理。下週六上午到保健室找我，別讓人知道。」

她傳了一張OK的貼圖，不知怎地，忽然很想見他。

方才姜萬倩給了她一盒點心，蕭宇棠盤算著或許可以分一點給康旭容，隨即接到了餐廳的來電。

剛剛用過餐的義大利餐廳透過訂位資訊聯繫上蕭宇棠，說她們有東西掉在店裡，請找時間前來取回。怕是重要物品，蕭宇棠馬上在下一站下車，折返回餐廳。

服務人員還記得她，交給她一個袋子，她打開一看，裡面是姜萬倩的工作制服、識別證，以及一個零錢包。

她撥電話給姜萬倩，卻直接進入語音信箱，訊息也遲遲未讀取。

蕭宇棠想了想，反正距離不遠，乾脆親自把東西送去姜萬倩家裡，途中幾次撥打電話，姜萬倩始終未接。儘管心裡覺得奇怪，蕭宇棠依然腳步未停，很快來到姜萬倩居住的那幢舊公寓。

她順利地跟在一名住戶的身後進入公寓，來到姜萬倩家門外。老房子隔音不佳，隔著鐵門，隱約聽見門裡傳來電視的聲音，她摁下門鈴，等了許久卻無人應門，她愈來愈擔心。

姜萬倩不會出事了吧？

就在此時，蕭宇棠想起姜萬倩說過，她家門口的盆栽底下藏有一把備用鑰匙。情急之下，她也顧不得此舉是私闖民宅，便找出鑰匙，輕手輕腳打開門。

第一眼望去，屋內空無一人，也沒有開燈，只有電視螢幕閃爍著光芒，節目喧鬧的聲音在房間迴盪。

「姜萬倩？」她輕聲喊。

無人回應。

她緩緩往前踏出一步，眼睛稍微習慣黑暗後，下一秒看到的畫面，讓她渾身血液霎時凍結。

一個男人壓在姜萬倩身上，用力前後擺動著身體，嘴裡發出粗重的喘息。

從男人身體的空隙中，她看到姜萬倩面無表情，直直地盯著天花板，像隻殘破的布娃娃，任憑男人擺布。

意識到蕭宇棠的接近，男人轉過頭來。

儘管只有一面之緣，蕭宇棠仍認出這個男人就是姜萬倩的鄰居，那名孕婦的丈夫。

更讓她錯愕的是，他見到她，竟一點也不慌張，還揚起驚喜的笑容。

「這不是曉苳嗎？」

男人一邊動作，一邊喘著粗氣，「妳怎麼消失這麼久？好久不見，妳變得更漂亮了呢！」

蕭宇棠動彈不得，腦中只能想到一件事。

她要報警。

一面逼自己冷靜，她一面偷偷將發顫的右手放入口袋。

沒想到失神的姜萬倩瞥見她拿出了手機，竟霍地放聲尖叫。

「不要！不要！」

姜萬倩神色驚恐，死命用雙手遮擋住臉，歇斯底里哭叫起來：「不要錄！曉苳，不要拍我，拜託妳不要拍。曉苳，不要拍我——」

姜萬倩淒厲癲狂的尖叫，讓男人的情緒越發亢奮，原先看著溫和可親的臉笑得猥瑣，滿是扭曲的惡意。

「曉苳呀，想拍的話就快把門關上，不然會被別人聽到喔。」男人將姜萬倩的手用力拉開，固定在頭的兩側，不讓她閃躲，「能再見到妳，叔叔太開心了，這次妳想拍多久就拍多久，不用客氣。」

蕭宇棠傻愣愣地站著，手腳發冷，心跳加快。

姜萬倩一聲聲的哭叫和男人的呻吟不斷衝擊著她的感官，她兩耳嗡嗡作響，雙眼發紅。她像是被隔絕在一道玻璃之外，眼前看著最不堪的畫面，耳朵聽見的卻是其他的聲音，無數的人對著她說話，嘈雜無比，腦海裡亦有成千上萬幅影像疾速翻飛。

一道又細又尖的女性嗓音穿越過重重的聲響，清晰地在她耳邊呢喃——

「宇棠，妳瞧，照片上的人是誰？」

轟然一聲。姜萬倩的住處在發出類似氣爆的巨響後，轉瞬淪為一片火海。

第七章

是何時萌生想要破壞這一切的念頭呢？宋曉苳這麼問過自己。

應該是從蕭宇棠告訴她，想要找姜萬倩來家裡寫功課開始的吧。

姜萬倩是新來的轉學生，天天頂著一頭亂髮，穿著皺巴巴的衣服，身上不時飄散出異味，班上沒有人願意跟她玩。

但蕭宇棠今天不僅在學校請姜萬倩喝飲料，放學後還要與她來往，宋曉苳很是不解。

「爲什麼呀？」

「嗯……」蕭宇棠在作業簿的角落畫了幾個圈，「我媽媽說，姜萬倩的媽媽應該是忙於工作，沒時間照顧她，她只是不會打理自己，不是故意不洗頭、不洗衣服的。我媽媽還說，我可以找姜萬倩來家裡玩，她會教姜萬倩。」

「眞的是因爲這樣嗎？」宋曉苳才不相信這是蕭宇棠的眞心話。

「什麼意思？」

「妳是不是認爲她很可憐，才想這麼做？」

蕭宇棠瞪大眼睛，「我才沒有！而且姜萬倩不可憐呀，這些小事只要她肯學，就能夠做到，有什麼好可憐的。不像我……所以我很羨慕她呢。」

蕭宇棠神色黯然，顯然是想到自己的病。

「既然這樣，妳就更不需要幫她呀。」宋曉苳理直氣壯地說：「有個人看起來比自己可憐，不是比較好嗎？」

她忘不了當時蕭宇棠看著自己的眼神。

彷彿無法理解她怎麼能說出這樣的話。

宋曉苳也遲疑了。

這想法不對嗎？有什麼問題嗎？爲什麼要用這樣的眼神看她？

「曉苳，妳是因爲覺得我很可憐，才跟我做朋友嗎？」蕭宇棠傷心地問。

她連連搖頭，澄清自己沒有那個意思。

雖然實際上確實是如此。

但她沒感覺自己的心態有何不妥，這樣的想法再正常不過，誰都會希望自己比別人優越吧？更何況，她對蕭宇棠也不只有同情與憐憫。

蕭宇棠又何必表現得這麼錯愕？她是真的完全沒有過類似的念頭？還是在裝善良？

宋曉苳想不透，卻還是覺得受傷了。

好像自己是多麼冷血又可惡的一個人。

宋曉苳離開蕭家，才走到家門口，就聽到屋內傳來激烈的爭執聲。

她一打開門，父母便停止了爭吵，卻掩飾不了家裡的一片狼藉，檯燈倒了，杯子碎裂在地上。

宋父臉上堆滿笑：「曉苳，回來啦？要不要跟爸爸出去吃飯？我們去吃麥當勞好不好？」

「我在宇棠家吃過了。」她三步併作兩步跑上樓，回到自己的房間，樓下旋即又陷入怒罵和尖叫聲之中。

她轉開書桌上的收音機，將音量調到最大，企圖蓋過那一再上演的鬧劇。

儘管她向蕭宇棠否認自己和她做朋友，不是因爲看她可憐，後來的氣氛還是變得有點奇怪。她草草寫完作業，起身要回家時，蕭宇棠也只是低著頭，悶悶地說了一句再見，沒有送她出門。

宋曉苳不太高興，可她不能沒有蕭宇棠這個朋友，若不能夠站在一個高高在上的位置，看那些日子過得比自己還悲慘的人，她撐不下去的。

所以她這麼想有什麼不可以？她一定要這麼想。

她絕對不要成爲那個被人同情的人。

不知道過了多久，大吵的父母先後甩門離開家中，宋曉苳才關上收音機走下樓。

她打了通電話給蕭宇棠，用開朗的聲音提議，明天就邀姜萬倩一起寫功課吧。

去了幾次蕭家之後，姜萬倩整個人煥然一新，再也沒有人嫌她髒臭。

不過她還是一樣黑黑胖胖的。

即使她穿上蕭宇棠的鵝黃色蕾絲裙參加學校派對，也沒有變得比較好看，粗壯的身材把蕾絲裙撐得鼓鼓的，宋曉苳在心中竊笑，姜萬倩根本就像個金剛芭比。

「妳幹麼把妳最喜歡的裙子借給她穿？」

「萬倩說她沒有好看的裙子，反正我還有很多條，沒關係。」蕭宇棠毫不在意。

「妳好壞喔，明知道她穿起來很奇怪，還借給她……」宋曉苳嗤笑。

沒想到蕭宇棠又用那種陌生的眼神瞧著她。

「她穿著很漂亮啊，妳爲什麼要這麼說？」

宋曉苳笑意凝滯在臉上，彷彿被搧了一記耳光。

後來，蕭宇棠的病況日益嚴重。

蕭宇棠的父母擔心她，常常會來接她放學，有一天蕭母來得晚了，竟親眼目睹蕭宇棠發病昏倒在馬路邊，差點出車禍。蕭母氣急敗壞之下，疾言厲色說了在場的同學幾句，同學們覺得自己很無辜，便漸漸疏遠了蕭宇棠。

看到原本人緣頗佳的蕭宇棠，竟落到跟過去的姜萬倩一樣無人搭理的下場，宋曉苳雖然覺得她可憐，心裡卻也有些舒坦。

她無法欺騙自己，別人的痛苦能讓她快樂，特別是和她最親密的蕭宇棠。

當蕭宇棠被人排擠、冷落，她還能繼續維持她的天眞良善嗎？

如果蕭宇棠因此改變了想法，變得跟她一樣，她會比以前更喜歡她。

蕭宇棠休學住院後，宋曉苳用盡各種方式阻止姜萬倩和班上的同學去探望她。當宋曉苳站在蕭宇棠的病床前，清晰地看見蕭宇棠眼裡的失望與傷心，她滿足了。

「萬倩呢？」蕭宇棠問。

「我問了萬倩好幾次，她都說有事，不太願意來……」宋曉苳語帶無奈。

蕭宇棠低下頭不再說話，自然也看不見宋曉苳嘴邊得意的微笑。

直到從班導師口中聽聞蕭宇棠即將動胰臟移植手術的消息，她的好心情頓時消失無蹤。

「動完手術……宇棠的病就會好了嗎？」宋曉苳怔怔地問。

「是啊，只要手術成功，宇棠就再也不會昏倒了，所以妳要好好爲她祈禱喔。」導師笑著對她說。

姜萬倩雀躍不已，說想要親自去醫院向蕭宇棠道賀。

「不行啦，醫生說宇棠現在要好好靜養準備動手術，不可以去打擾她！」宋曉苳搬出冠冕堂皇的理由。

姜萬倩開心的表情顯而易見地垮下來，「那、那妳幫我把卡片轉交給蕭阿姨好嗎？請蕭阿姨告訴宇棠，我會爲宇棠摺好多好多千紙鶴，祝福她早日康復。」

「好啊，我會跟蕭阿姨說，她一定很高興。」宋曉苳表面誠懇地說。

然而回家的路上，她便將姜萬倩的卡片撕毀扔棄在公共垃圾桶裡，一如之前她託付她轉交的十多張卡片。

那天她關在房間裡聽著父母的爭吵，不禁淚流滿面。

蕭宇棠已經有了聰穎的腦袋、姣好的容貌和幸福的家庭，爲什麼上天還要還給她健康的身體？

她不是眞的那麼討厭蕭宇棠，也從未希望蕭宇棠因病離世，但要是手術成功，蕭宇棠將不再比她悲慘，她就連喜歡蕭宇棠唯一的理由都沒有了。

這樣她還怎麼做蕭宇棠的朋友？她不能接受和蕭宇棠站在一起，自己是更悲慘的那個人。

就在她發現這世上不存在著什麼公平時，蕭家突如其來的噩耗，讓她絕望的心，再度死灰復燃。

蕭宇棠的手術成功了，她的弟弟蕭仕齊卻出事了。

這件事鬧得沸沸揚揚，蕭母承受不了打擊，陷入昏迷，送醫後一直沒有醒來。

蕭家接連傳出壞消息，姜萬倩急得哭了出來。

「曉苳，宇棠一定很難過，我們去安慰她好不好？」

「不行，宇棠才剛動完手術，還沒完全恢復，蕭叔叔叮囑我們，千萬不能讓宇棠知道！」宋曉苳拿蕭父說的話搪塞姜萬倩，而且這也是事實。

姜萬倩拉著她啼哭不止，「怎麼辦？聽說蕭阿姨昏迷指數很低，可能是太過傷心了，這種事怎麼會發生在仕齊身上……」

宋曉苳嘴巴上安撫姜萬倩，但籠罩在她心裡的陰影，卻因蕭家的愁雲慘霧，一下子消散了。

因爲她知道，蕭宇棠這一生注定會比她悲慘了。

蕭宇棠再也沒有回到學校，之後宋曉苳更是失去她的音訊，就連蕭家也在某一天神不知鬼不覺地搬走，無人知曉他們的下落。

小學畢業後，姜萬倩跟著母親去到另一個城市生活，但仍和宋曉苳保持聯絡，宋曉苳常在放假時坐車去找姜萬倩玩。

姜萬倩國二的時候，她母親丟下她，逕自跟男人走了，往後宋曉苳與一個人獨居的姜萬倩往來更形密切，幾乎每個星期都會前往姜萬倩家，後來更要求姜萬倩打一把備份鑰匙給她，方便她自由進出。

如今她身邊只剩下姜萬倩，能讓她認爲自己還算是個幸運的人。

這個傻妞不但沒了爸爸，連媽媽都不要她，而且除了宋曉苳，笨拙的姜萬倩根本交不到朋友。

久而久之，宋曉苳逐漸淡忘掉蕭宇棠。

「不要……不要……」

衣不蔽體的姜萬倩，在男人的身下無力地掙扎。

宋曉苳以備用鑰匙開門後，沒料到會撞見這一幕。

她認得那個正在侵犯姜萬倩的男人，男人就住在姜萬倩家隔壁，他們在走廊遇過好幾次，見到也會點頭打招呼。

姜萬倩嗚嗚咽咽地哭著，室內瀰漫著淡淡的酒臭味，兩個人臉上都帶著酒醉的酡紅。

宋曉苳的出現，令男人霎時停下動作。

姜萬倩宛若看見救星，激動地伸手向她求救。

宋曉苳卻視若無睹，慢條斯理地拿出手機，開啟錄影功能。

「請繼續吧。」她說。

姜萬倩震驚地看著宋曉苳在她身邊蹲下，近距離拍攝她的臉。

「我不會拍到叔叔，儘管當我不存在。」宋曉苳笑著說。

「曉苳……妳在做什麼？救我，妳快救我！」

宋曉苳甜甜地說：「萬倩，妳現在超美的，比任何時候都還要美麗唷。」她著迷地將鏡頭對準姜萬倩的臉，把姜萬倩哀哭求饒的過程全都錄了下來。

男人回去後，姜萬倩蜷縮在角落發抖哭泣。

「別哭了，我幫妳放好洗澡水了，去洗澡吧。」

姜萬倩只是看著宋曉苳，一語不發。

對上那雙滿是憤恨的眼睛，宋曉苳冷哼一聲，「幹麼瞪我？讓一個男人進妳的房間，還一起喝酒，這一切難道不是妳自願的？」

「才不是……是他買了宵夜來我家，說要請我吃，還說喝點酒沒關係，我不好意思拒絕，誰知道他會突然……」姜萬倩激動地辯駁。

「男人說什麼妳就信什麼，說到底還不是妳不檢點。」宋曉苳數落她的愚蠢和天真，「不過那位叔叔平常一副疼愛老婆小孩的樣子，骨子裡卻是個變態。妳又那麼笨，難怪會被騙了。」

「鑰匙還我，滾出去，我不要再看見妳，妳不是我的朋友！」姜萬倩對宋曉苳大吼。

宋曉苳嘴角的笑意瞬間消失。

她衝上前扯住姜萬倩的頭髮，把她拖進浴室，將她的頭用力壓入盛滿水的浴缸裡。蜘蛛網狀的裂痕映入姜萬倩眼中，又迅速被水面的波動切割成碎片。

問。

「妳叫誰滾出去？妳憑什麼用這種口氣跟我說話？」她拉起姜萬倩的頭，狠戾質

熱水嗆入姜萬倩的口鼻間，她不斷咳嗽，涕淚橫流。

「什麼叫『妳不是我的朋友』？妳少自以爲是，妳眞以爲我把妳當朋友？妳在我眼中連隻螞蟻都不如，我看到妳就噁心想吐！」說著，宋曉苳又將姜萬倩的頭壓入水中。

而後她更隨手抓起浴室裡的物品，朝姜萬倩的身軀瘋狂猛砸，直到姜萬倩緊緊抱住頭，縮成一團，她才氣喘吁吁地停手，拎起書包大步離開。

宋曉苳仍然每個星期都會擅自來到姜萬倩家，並且恣意對待姜萬倩。

只要父母吵架惹得她煩躁，或是姜萬倩說出讓她不高興的話，她就會動手毆打姜萬倩，在她身上宣洩怒氣。

終於姜萬倩再也受不了，哭著求她：「曉苳，妳放過我好不好？既然妳那麼討厭我，就不要再理我了，求求妳……」

宋曉苳偏著頭，「好呀，那以後我就不來了。」

「眞、眞的？」宋曉苳竟然這麼好說話，姜萬倩不可置信。

「當然，而且我早猜到妳想跟我斷絕關係，所以已經爲妳準備好一份餞別禮了。」宋曉苳在姜萬倩面前搖了搖手機，「昨天晚上，我把上次拍的那段影片傳上網

路了，妳要不要看？」

「妳說……什麼？」姜萬倩如遭雷殛，聲音細不可聞。

「哇，妳快來看，留言超級熱烈。嘖嘖，這個點閱率，應該全台灣的人都看到了吧？萬倩，妳變成大紅人了！」宋曉苳誇張地驚呼。

姜萬倩神思恍惚，慘白著一張臉走到陽台，搖搖晃晃地爬上圍牆，坐在牆頭，像是隨時要往下跳。

宋曉苳在姜萬倩身後捧腹大笑。

「笨蛋，騙妳的啦！」宋曉苳走到姜萬倩旁邊，趴在牆頭上笑咪咪地說：「我沒上傳，跟妳鬧著玩的。」

確定是虛驚一場後，姜萬倩也失去了跳樓的勇氣，她手腳發軟地跳下圍牆，癱坐在陽台上，全身顫抖哭個不停。

宋曉苳溫柔抱住她，「萬倩，我還是很喜歡妳的，我不想與妳分開，妳別再讓我失望了，只要妳乖乖的，我們還是好朋友。」

不僅始終未刪除姜萬倩遭侵犯的影片，宋曉苳甚至將她的裸照傳給隔壁的男人，讓對方得以肆無忌憚地要脅她。

有天宋曉苳帶來一瓶黑色的指甲油。

「這是我送給妳的禮物，我來幫妳擦。」宋曉苳心情愉悅，「知道我為什麼挑這個顏色嗎？」

姜萬倩搖頭，神情憔悴。

「因爲妳就是這個顏色，黑黑髒髒的，多適合妳啊。」宋曉苳牽起姜萬倩的手，仔細爲她塗上指甲油，「妳要一直擦著，不能卸掉，我會時時刻刻檢查的。」

宋曉苳對這樣的日子樂此不疲。

直到她在教室公布欄看見德役交換生計畫的公告爲止。

宋曉苳在其中一張宣傳照片裡，發現某個許久不見的人。

蕭宇棠。

她綁著馬尾，身著白色柔術服，臉頰紅撲撲的，看起來活潑健康。

即便三年多未見，宋曉苳依然一眼認出她來。

她開始上網搜索所有德役相關的資料，並在一個名叫小町的女生的IG帳號中，找到更多蕭宇棠的訊息。

進入貴族學校就讀的蕭宇棠，似乎已經徹底擺脫疾病的束縛，一臉神采飛揚，還加入了體育社團。和她以前所想的一樣，蕭宇棠本來就容貌美麗，當她身體變好了，就會像個眞正的天之驕女。

和她是不同世界的人呢。

宋曉苳將蕭宇棠的照片翻來覆去看了無數回。

「原來妳在這兒呀……」

宋曉苳眼神深沉，做下了一個決定。

她拜託父親，幫她爭取德役的交換生名額。

「這太困難了，妳想去德役的話，努力一點報考德役高中部，爸爸幫妳出學費。」宋父雖然有些人脈關係能運作，但人情債難還，宋父自是不願意。

「我等不了那麼久，我要馬上就去，爸爸你想想辦法。」她執拗地說。

「不可能，妳成績不行，這事沒那麼好辦，一個不小心，爸爸會惹上麻煩的，妳死心吧。」宋父不耐煩。

宋曉苳轉身從廚房拿出一把水果刀，朝左手背上劃下，鮮血立即從她細嫩的肌膚中汩汩溢出。

「曉苳，妳做什麼？」宋父大驚失色。

「我要去德役，你如果不幫我，我就再繼續。」宋曉苳面不改色，作勢要劃下第二刀。

「好好好，我知道了。我幫妳，妳快點住手！」宋父連聲答應。

宋曉苳燦笑，「謝謝爸爸。」

透過關係拿到了德役交換生的錄取資格，她清楚同學都在背後指指點點，但她完全不在乎，只要她想要的能夠實現，那就好了。

踏入德役的那一天，宋曉苳看著這所宏大的學校，心滿意足地笑了。所有的交換生都被分配與德役學生同寢，好更快融入校園生活。

一搬入宿舍，她就向室友打聽蕭宇棠。

「我知道她，但沒跟她說過話，也沒接觸過。」室友好奇，「妳們認識？」

「嗯，我們是小學同學，是非常好的朋友。」她勾起了嘴角，一臉懷念。

宋曉苳沒有第一時間就去找蕭宇棠，而是先跟著室友熟悉環境，校園一圈繞下來，也得知蕭宇棠參加的武術社位於高中部，蕭宇棠是破例越級加入的。

她還是跟以前一個樣，老是享受特別待遇。宋曉苳冷冷地想。

爲了和蕭宇棠有更多的時間相處，宋曉苳等到一天課程都結束後，前往武術社找人，恰巧蕭宇棠就站在社團教室門口和社員聊天。

「宇棠！」

聽到呼喚，蕭宇棠疑惑地朝她望去。

宋曉苳興高采烈奔至她面前：「好久不見，我是曉苳。妳怎麼這麼久都不跟我聯絡？知不知道我有多想妳？」

「……曉苳？」蕭宇棠愕然，眼底情緒複雜難辨，「妳怎麼會在這裡？」

「我是今年的交換生呀，能在這邊見到妳，我好高興喔。妳手機號碼幾號？我們交換一下聯絡資訊。」

宋曉苳伸手要拉她，蕭宇棠卻退後閃避。

「我沒有手機。」蕭宇棠板著臉，「我還有社團活動，先走了。」

她頭也不回地走進社團教室，留下宋曉苳手舉在半空中，呆呆地佇立在原地。

爲什麼感覺蕭宇棠一點也不開心見到她？

當晚她打電話給姜萬倩，跟她抱怨。

「妳說，宇棠是不是突然見到我太驚訝，一時不知道怎麼反應才這樣？」宋曉苳問。

「我、我不清楚……」姜萬倩不敢隨意回答，「妳眞的見到宇棠了？」

「騙妳幹麼？妳說妳不清楚是什麼意思？妳認爲宇棠不想見到我？」

「沒有，我沒有！」姜萬倩如驚弓之鳥般慌張否認。

宋曉苳冷哼，「總之，我待在德役的這段時間，妳最好安分點，別想東想西的，要不然有妳好看。」

只要宋曉苳有空，就會去找蕭宇棠，但蕭宇棠十分排拒她，一看到她接近就會遠遠避開。

如此明顯的態度，讓宋曉苳不得不體認到，蕭宇棠已經不想再與她往來。

「妳們眞的是好朋友嗎？」室友滿臉狐疑。

「當然啊。」宋曉苳從手機調出翻拍的小學照片給她看，她、蕭宇棠和姜萬倩面對著鏡頭，笑得很開心。

「這個黑黑胖胖的女生是誰？」室友指著姜萬倩問。

「她叫姜萬倩，我們三個以前很要好，現在只剩下我和姜萬倩還保持聯絡。」

「要是蕭宇棠一直不理妳怎麼辦？再過不久妳就要離開了耶。」

她面無表情盯著照片，「她不會一直不理我的。」

「妳要做什麼？」室友感覺宋曉苳話中有話。

「妳知道嗎？人都是有祕密的，而且最害怕的就是祕密被洩漏。」宋曉苳看著室友，語氣輕柔地說出令人毛骨悚然的話，「像我這個叫姜萬倩的朋友，就有一個很大的祕密，我有時會嚇唬她，說要把她的祕密告訴別人，她就會變得很乖很聽話。我相信蕭宇棠也是一樣。」

「哇，看不出來妳是個狠角色！」室友不但沒被嚇到，還吃吃笑起來，「如果妳要對付蕭宇棠，記得通知我，讓我看個好戲。」

宋曉苳瞥她一眼，「妳不喜歡蕭宇棠？」

「何止不喜歡？簡直厭惡至極。她這個人占盡了所有好處，別人得不到的東西，她都能理所當然地擁有，天底下哪有那麼好的事！」室友撇嘴。

只這句話，宋曉苳就能肯定，室友和她是同一類人，但可惜，她喜歡和比她不幸的人做朋友。

結束交換生的前兩天，或許是老天爺幫忙，不用她主動尋找，便在合作社遇到了蕭宇棠。

這次蕭宇棠來不及躲開，宋曉苳堵住蕭宇棠的去路，「宇棠，終於碰到妳了！」

「有什麼事嗎？」蕭宇棠口氣疏離。

「我想要問妳，蕭叔叔和蕭阿姨過得好不好？」宋曉苳歪頭，「尤其是妳弟弟，他不要緊了吧？」

蕭宇棠不解，「什麼意思？」

「就是當年仕齊發生的那件事呀。」見蕭宇棠眉頭深鎖，宋曉苳驚訝道：「難道……妳不知道？妳爸爸至今都沒有告訴妳？」

「到底什麼意思？妳說清楚。」蕭宇棠眼神銳利，語氣緊繃。

宋曉苳停頓了下，臉色爲難，「在這裡不好說，這樣吧，」她湊到蕭宇棠耳邊悄聲說：「待會妳找個藉口蹺課，過來教學大樓旁的小池塘，我把當年的事一五一十說給妳聽。」

蕭宇棠同意了。

宋曉苳著實感到意外，她沒料到蕭宇棠竟對蕭仕齊的遭遇一無所知，所以她才能過得這麼輕鬆愜意嗎？

宋曉苳心中充盈著前所未有的興奮，愉悅地走出合作社，並傳了訊息給室友，要對方準備來看好戲。

一場蕭宇棠墜入不幸，從此一蹶不振的好戲。

課堂上，宋曉苳舉起手，以上廁所爲由離開教室。

蕭宇棠已經等在了約定地點，她身穿運動服，不安地來回踱步，一看到宋曉苳，立即上前問道：「曉苳，我弟弟怎麼了？」

宋曉苳滿足地欣賞蕭宇棠溢於言表的焦慮。

她要用最殘酷的方式，將蕭宇棠推落地獄，讓她永遠活在悔恨與痛苦之中。

宋曉苳拿出手機，對她展示螢幕裡的照片。

「宇棠，妳瞧。」

宋曉苳眼眸彎彎，笑容甜美，「照片上的人，是誰？」

✦

蕭宇棠不記得自己是怎麼從姜萬倩的住處離開的，跌跌撞撞回到學校後，她衝進最近的大樓廁所裡。

鏡子裡的她一身凌亂，渾身傷痕累累。

她木然走近洗手台，將沾著鮮血的手貼在鏡面，死死瞪著裡頭的面孔。

爲什麼是那個女人的臉？

爲什麼她會變成那個女人的樣子？

爲什麼這麼長的時間，她頂著那個女人的模樣，卻渾然不覺？

她終於想起所有的一切。

這不是她的臉，而是宋曉苳的。

「這是……什麼？」

手機裡是一張張只拍到臉部以下的小男孩裸照，蕭宇棠看傻了眼，同時感到一陣心悸。

「妳認不出來嗎？明明是自己的弟弟呢！」宋曉苳輕描淡寫地投下震撼彈，「照片裡的男孩就是仕齊唷。」

轟的一聲，蕭宇棠的腦袋被炸得一片空白，她張大了嘴，渾身發抖。

「妳說什麼？這怎麼會是他……」

「天哪，妳完全被蒙在鼓裡耶！」

宋曉苳驚訝的聲音聽起來像是隔著一層薄膜，似近又遠，是那麼不眞實。

「仕齊當年的班導師，是個會性侵男學生的惡魔。警察逮捕他時，從他的電腦裡搜出上百張男童裸照，大部分已經上傳到色情網站供人觀看，又以仕齊的照片最多、流傳最廣，蕭阿姨就是承受不了這種打擊，才會昏迷不醒的呀。」

「……妳騙人，我不信。」蕭宇棠臉上血色全無。

宋曉苳翻出清楚拍攝到蕭仕齊五官的照片，「這樣妳就信了吧？」

親眼見到年幼的弟弟被拍攝的裸照，蕭宇棠摀嘴倒抽口氣，眼眶泛紅。

「妳知道，仕齊是怎麼被惡魔盯上的嗎？」宋曉苳用如歌唱般輕快的口吻，揭開殘酷的眞相，「他是爲了祈求妳手術成功，才會放學後還一個人留在學校，爲妳摺紙鶴。他的班導師假意要陪他一起摺，事實上卻是趁著四下無人對他下手，還威脅他不得聲張，否則就散布他的裸照。妳動手術的那一天，這名老師性侵學生的獸行遭人舉發，這才爆發出來，當時鬧得好大啊。蕭叔叔不讓我們去醫院看妳，其實是怕有人在妳面前說溜嘴。」

蕭宇棠幾乎要喘不過氣，臉頰淌滿淚水，喉間發出如同受傷小獸般的嗚咽聲。

宋曉苳享受著她崩潰的模樣，感慨地說：「那個時候仕齊一定非常害怕，他是爲了妳才遭遇到這種事，之後還爲了不影響妳的手術，什麼都不敢說。妳因爲這場手術得救了，但他呢？眞是太令人心疼了。」

蕭宇棠驀地抬起頭來，直勾勾瞪著她看。

「妳在笑什麼？」蕭宇棠木然問：「妳爲什麼笑？」

宋曉苳摸摸上揚的嘴角，再也無法壓抑愉悅的心情，哈哈哈地笑出聲來。

「因爲啊……」

蕭宇棠貼近鏡子，一字一句地複述宋曉苳說過的話，她看著鏡子裡的影像，彷彿看到當年的宋曉苳。

「我就是喜歡看到妳悲慘的樣子，眞的好喜歡……」

說著說著，蕭宇棠的聲線開始變調，又細又尖，全然換了一個人似的。

「宇棠，妳不知道。」蕭宇棠以宋曉苳的嗓音說話的同時，鏡面的裂痕從她掌下向外蔓延，模糊了鏡裡的面孔，再也不能辨識，「從以前到現在，妳的不幸和痛苦，都讓我感到好幸福……」

破碎的鏡片自牆面崩落，如刀雨驟落在洗手台上。

「姊姊，我覺得曉苳姊姊好奇怪。」

進到病房的蕭仕齊，露出猶豫的表情，小小聲地說：「放學的時候，我聽到她叫萬倩姊姊不要來醫院看妳。」

蕭宇棠驚愕，「爲什麼？」

「曉苳姊姊說，這是醫生叔叔的吩咐，不讓人來探病，免得打擾妳休息。可是醫生叔叔沒有說過這樣的話。爲什麼曉苳姊姊要說謊呢？」

玻璃碎裂在地的清脆聲響，讓她猛然回過神來。

於此同時，牆上僅存的一小塊鏡片，映射出令她寒毛直豎的畫面。

她的眼睛。

變得如血一般赤紅，完全不是正常人的瞳色。

她驚悸地倒退數步，突然頭頂上的燈光頻頻閃爍，忽明忽暗間，地板傳來震動，她身不由己地跟著搖晃。

腦海深處有什麼爆破開來，她瞬間驚叫一聲，整個人重重跌撞在牆邊，雙手緊抱發脹的頭顱，痛苦地大聲哀嚎。

她滿頭是汗，渾身滾燙，每寸肌膚像是被烈火焚燒過，一股無以名狀的巨大能量從她體內源源不絕流出，青筋浮現，她感覺自己似乎就要爆炸。

四面八方都是學生的尖叫哭喊，蕭宇棠卻無暇多顧，她只聽到不知從何而來的嬰兒啼哭聲，一聲一聲衝擊著她的腦袋，她不得不緊緊抱著頭，絲毫不敢動彈。

「蕭宇棠！」熟悉的嗓音穿過一片混亂，刺進她的耳朵。

康旭容撥開向外奔逃的學生，逆向而行，對著樓裡大喊：「妳在哪裡？快點回答我！」

儘管辨認出男人的聲音，她卻無法回應，緊閉著雙眼對抗體內失控的力量，哭著發出撕心裂肺的呻吟，像是被囚困在噩夢裡逃不出去。

康旭容衝進廁所的時候，蕭宇棠已經倒臥在裡頭動也不動，周遭的牆壁持續龜裂崩落，他迎著灼熱的強大風壓來到蕭宇棠身邊，頂上的水泥塊正好擦著他的頭砸落，劃破了他的皮膚。

康旭容將她攬進懷裡，用力扯開破爛的左邊衣袖，把血流如注的手臂貼到她的嘴邊。

「宇棠，張開嘴！」他吼道，「把血喝下去！」

血腥味自舌尖一路漫至喉嚨，蕭宇棠猛地抽搐，一股強烈的寒意傳遞到她全身每一處神經，退卻她體內的灼熱，她也在康旭容的懷裡漸漸平靜了下來。

當地面不再晃動，天花板的日光燈停止閃爍，耳邊也不再有嘈雜的聲音，蕭宇棠眼前一黑，徹底昏死過去。

她又再次夢到那個小男孩。

不再是一團模糊的影子，這次她清楚看見了他的長相。

黑白分明的炯炯大眼，閃爍著純眞聰穎的光芒，是個非常漂亮的男孩子。

她明明不認識他，但爲什麼看見他會止不住淚水？而且在看清了他的五官後，還有一份既懷念又悲傷的情感縈繞在心？

如此的陌生，卻又無比熟悉。

好似這個男孩是她一直在等待的人。

身體的每一粒細胞，都抑制不住呼喚他的衝動。

✦

蕭宇棠睜開眼，發現自己躺在學校的保健室。

她拖著沉重僵硬的身軀，吃力地起身，診療室裡只有她一個人。

「宇棠？妳醒了？」吳德因出現在門邊，身後跟著康旭容，他的臉上滿是傷痕。

蕭宇棠愣愣地看著兩人快步走向她，一時還反應不過來發生了什麼事。

「還有沒有哪裡不舒服？」吳德因溫聲問。

蕭宇棠頓了一下，搖搖頭。

吳德因見狀鬆一口氣，「從妳暈倒在圖書大樓的廁所，到康醫生帶妳來這裡，已經過了兩天了。」

一幀幀畫面在蕭宇棠腦中閃過，最後定格在一張面孔上，她的心跳頓時漏了一拍。

「萬倩……」蕭宇棠慌張地抓住吳德因的衣袖，向她求助，「校長，我朋友出事了，她——」

「妳是說姜萬倩吧？康醫生都告訴我了。」吳德因臉上浮現一絲哀傷，她溫柔地撫摸蕭宇棠的面頰，「宇棠，妳要節哀。」

混亂的思緒霎時一片空白，蕭宇棠嘴唇發抖，半天才吐出一句，「她、她……她死了嗎？」

吳德因面色凝重，「她所居住的公寓發生瓦斯氣爆，她……就在火場中心，來不及逃出。」

「怎麼會……怎麼會？怎麼會？」淚水奪眶而出，她抱著頭不敢相信這是眞的。

吳德因不發一語，只是緊緊地擁抱她，她再也忍不住，在吳德因溫暖的懷抱裡痛哭失聲。

「這是我最大的心願，我希望妳能永遠幸福快樂。」

蕭宇棠請求吳德因給她獨處的空間，她半躺在病床上，神思恍惚，一動也不動，眼淚不斷落下，但她已無力抬手拭去。

她找回了所有的記憶。

她想起當年最後一次見到宋曉茤，她那毫不掩飾的殘酷惡意，讓她失去理智，心中只有排山倒海的怨恨及殺意。

隨著蕭宇棠的步步逼近，宋曉芟眼底的笑意慢慢消失，取而代之的是愈漸清晰的恐懼。

一抹血絲從宋曉芟嘴角溢出，她表情痛苦地俯身按住胸口，同時蕭宇棠不顧一切朝她撲去。

回憶至此戛然而止，接下來的事，她再沒有印象。

不可思議的是，往事如潮水般湧入腦海時，她也一併獲取了宋曉芟的記憶。她可以感知隱藏在宋曉芟和善的表面下，是多麼暗黑扭曲的心思，包括宋曉芟是如何威脅與凌虐姜萬倩的，以及宋曉芟人生最後一刻的恐懼，源自於看見了她的血色眼瞳，隨後宋曉芟的心臟劇痛如同烈火焚燒。

她瞥向懸掛在診療室牆上的半身鏡，眼中的赤紅已然消失，也依舊是宋曉芟的面容。

她不由得摸摸自己的臉，不論她是因爲什麼原因變成宋曉芟的模樣，也不論她是否因爲衝擊太大，遺忘了所有和宋曉芟相關的記憶，但這兩年來，她絲毫沒有起疑，便足以證明這件事牽連甚廣，或許比她想像得更嚴重。

否則，要怎麼解釋德役上上下下這麼多人，居然能將換臉這種匪夷所思之事，隱瞞得滴水不漏？

蕭宇棠爬下床，緩緩走到隔壁間，望著康旭容。

男人見她出來，即刻放下手邊的工作。

「心情平復一點了嗎？」

她沒有回答，而是瞬也不瞬盯著康旭容清澈的眼瞳。

「你……」蕭宇棠嗓音乾澀。

「宇棠！」保健室的門突然被人推開，蘇盈三人急匆匆地跑到蕭宇棠身邊。

「我們聽校長說妳醒了，妳不要緊吧？」陳緗緗關心問道，楊欣也憂心忡忡地將她全身打量過一遍，確定她身上沒有受傷。

康旭容站起身來，「宇棠沒事了，但還需要多休息，麻煩妳們直接帶她回宿舍，這幾天也請妳們幫忙照看她了。」

他特別叮嚀蘇盈：「今晚要特別拜託妳了。」

「沒問題。」蘇盈慎重點頭，並挽著蕭宇棠的手臂，小心翼翼地攙扶她離開。

陳緗緗同樣緊跟在蕭宇棠身側，餘悸猶存地說：「還好妳沒事，聽到妳昏倒在圖書大樓的消息，我們都快嚇死了！」

「……能跟我說說是怎麼回事嗎？我不太記得當時的情況。」蕭宇棠的聲音細若蚊鳴。

三人面面相覷，楊欣率先開口：「其實我們也不太清楚，只知道前晚國中部的圖書大樓忽然間劇烈搖晃，不久牆面開始龜裂，窗框也變形了，玻璃全碎了一地。學校緊急疏散人群，並拉封鎖線禁止出入。幸好當時時間已晚，沒什麼學生逗留，否則後果不堪設想。」

陳緗緗接著補充：「不只圖書大樓，聽說當時整個國中部的燈都在閃，圖書大樓前的路燈全破了，大樓還不斷傳出牆壁崩解的聲音，真的好可怕。事後得知妳人就在裡頭，我們都嚇壞了，還好妳只是驚嚇過度而導致昏迷，沒有受傷。」

驚嚇過度導致昏迷。

是吳德因這麼告訴她們，還是康旭容？

蕭宇棠垂下眼簾，心下明白，就算她身上有傷，也早在醒來之前痊癒。

陳緗緗還向她抱怨這起事件太離奇，德役校舍的建築品質不可能這麼差，學生私下議論紛紛，但很快就被校方制止了。

走到一半，上課鐘聲響了，蘇盈對另外兩人說：「我送宇棠回去就行了，妳們替我跟老師講一聲。」

「好。」陳緗緗和楊欣再三交代蕭宇棠要好好休息，才轉身離去。

返回宿舍的這段路途，蘇盈始終挽著蕭宇棠的手，回到寢室後也沒有放開。

「宇棠。」蘇盈坐在蕭宇棠旁邊，柔聲相詢：「妳還好吧？」

蕭宇棠靜靜看著兩人挽著的手，「蘇盈，妳知道前天我去了哪裡嗎？」

蘇盈猶疑了數秒，仍坦言：「……嗯，妳醒來前，校長已經告訴我們了。她說妳去校外和朋友見面，還說妳們分別後，妳的朋友出了意外，不幸去世，要我們好好安慰妳。那個朋友……是姜萬倩吧？」

「所以，妳知道了我和姜萬倩一直有在聯繫。」

「嗯。」

「妳不生氣？」

「怎麼會呢？」蘇盈重重嘆息，輕咬下唇，「姜萬倩的事……我很遺憾。我不喜歡姜萬倩，是因爲我以爲她居心不良，怕她會傷害妳。既然妳將她視作朋友，我怎麼會因爲妳和朋友見面，就生妳的氣？」

蕭宇棠眼角微微抽搐，輕聲說：「謝謝。」

「傻瓜，謝什麼？妳肚子餓不餓？我去幫妳買些吃的，還是妳想去哪裡走走？」

「不用了，妳去上課吧。我有點累，想再睡一會兒。」

蘇盈想了想，同意了，「如果有什麼事，隨時打給我。」

「嗯。」

蕭宇棠坐在位子上，維持同一個姿勢，聽著蘇盈的腳步聲漸漸走遠。

幾分鐘後，確定蘇盈沒有折返，她起身走到蘇盈的桌邊，鉅細靡遺地翻找過每一件物品。

最後，她在書桌的下層抽屜，發現一本藏匿在底部的筆記本，裡頭夾著一張護貝的照片，一看就知是被人極爲珍藏的。

照片裡的人是國中時期、還帶著孩子氣的蘇盈，以及史密斯。

地點在武術教室，兩人都穿著柔術服。

嬌小的蘇盈站在魁梧的史密斯身邊，笑容羞澀。

「那個人是誰？是我們學校的學生嗎？」

「一半。」

「啊？」

「我是指妳答對一半，剩下的不能再透露了。」

蕭宇棠總算明白了這句話的意思。

不是學校的學生，而是老師。蘇盈喜歡的人，其實就是史密斯。

「如果妳要對付蕭宇棠，記得通知我，讓我看個好戲。」

「妳不喜歡宇棠？」

「何止不喜歡？簡直厭惡至極。她這個人占盡了所有好處，別人得不到的東西，她都能理所當然地擁有。」

得到宋曉芩的記憶之後，蕭宇棠也認出來了，那名附和宋曉芩的室友，就是蘇盈。

第八章

升上高中後，有的同學離開了，也有新的學生通過考試進入了德役，於是學校重新編班及安排宿舍。

蕭宇棠自「意外」中恢復，回校復課時，適逢高一開學，她受高燒影響，記憶混亂，加上國中時期個性較爲孤僻，除了社團同學少有眞心的朋友，她沒有半分不捨的情緒，很自然地接受了三個新室友，展開了新的生活。

搬入新寢室後，蘇盈是第一個向她搭話的人。

她們很快變成好朋友，不僅同班，且座位相鄰，就連宿舍進行整修，不得不遷移，她和蘇盈仍住在同一間房。

過去耽於能與好友親近的欣喜，沒有多想，如今看來那些都是太過刻意的巧合。

她毫不懷疑，當年她和宋曉苳之間發生的事，蘇盈是完全知情的。

或許，就是因爲蘇盈知情，才會被安插到她身邊，負責監視她的一舉一動，只是不知道蘇盈背後的人，是否察覺到蘇盈起了私心，暗自搞鬼？

蕭宇棠幾乎可以確定，姜萬倩收到的恐嚇信，就是蘇盈寄的。

蘇盈找到了姜萬倩，並且利用她，精心策劃接下來的一整串事件。

從威脅姜萬倩跟她聯絡，到促成兩人見面，並不時拋出新的線索，推動她持續追查，蘇盈卻又從旁假作勸阻，只爲了將自己從事件中摘出去，不讓她起疑心。

蘇盈所做的一切，最終目的就是要刺激她恢復記憶。

但蘇盈到底爲什麼要這麼做？爲了替宋曉荖報仇？還是爲了自己的私怨？

蘇盈對她是有多大的怨恨，讓蘇盈不惜拖姜萬倩下水，也要曝光當年的事？

自蕭宇棠記得的最後畫面，與宋曉荖這幾年來的杳無音訊來看，宋曉荖的下場大概不是什麼好結果吧——這是不是蘇盈想要公諸於世的呢？爲了指控她是一個「殺人兇手」？

「能夠再見到宇棠妳，眞的太好了。」

「還好我撐過來了，今天才能夠再見到妳。」

醒來之後，蕭宇棠一直想到姜萬倩。

想到她的一言一行，和她對自己展露的笑容。

蕭宇棠將蘇盈的物品放回原處，悄然離開學校，來到姜萬倩居住的公寓。

走入小巷內，便可聞到燒糊的臭味，兩天了還散不去。抬頭一看，這棟老舊的公寓外觀一片焦黑，五樓的地方更是破了一個大洞，鋼筋外露，觸目驚心。

來的路上她上網搜尋，得知這場爆炸意外造成兩人死亡，十三人燒燙傷，還有五人尚未脫離險境。

死者便是姜萬倩，以及那個侵犯她的男人。

蕭宇棠沒有試圖跨越封鎖線，她只是靜靜地在樓前站了許久。

除夕夜和姜萬倩拍的合照，是她手邊唯一一張姜萬倩的照片。

眼淚再度潰堤，滴在布滿裂痕的手機螢幕上，也滴在姜萬倩單純的笑容上。

明明只稍微對好她一點點，她就滿足得像是得到了全世界，這樣的一個人，爲什麼要受這麼多苦？還死得如此淒慘？

一直到死前，姜萬倩還在惦記著她。

是姜萬倩說她媽媽不可能拋棄自己的孩子；也是姜萬倩擔憂她得知仕齊的遭遇會受到傷害，於是一心想陪同她回家。

姜萬倩眞心誠意待她，自始至終都在爲她著想。

領悟到這一點的同時，她卻也永遠失去她了。

回到學校後，蕭宇棠繞到國中部的圖書大樓來。

校方的動作很快，似乎想要盡速掩蓋過去，不過兩天的時間，大樓外已經搭起了鷹架進行整修，她無法親眼確認建築物毀損的程度。

沒想多做停留，卻在轉身之際瞥見史密斯迎面走來，她下意識皺起眉頭。

蕭宇棠有些意外會在此時此刻見到他，低著頭不發一語，等著對方離開，他卻在距離她幾步之遙的地方停下來了。

她以爲史密斯又要找她麻煩，沒想到他只是淡淡地問：「妳到現在還相信那個傢伙？」

蕭宇棠呼吸一窒，明白他指的是康旭容。

史密斯直直望入她的眼睛深處，一字一頓說：「事到如今，妳不至於還那麼天眞，絲毫不懷疑那位醫生和校長聯手隱瞞了妳多少事吧？」

蕭宇棠嘴裡發乾，「什麼意思？」

史密斯冷笑一聲，沒有回答，逕自頭也不回地走遠。

她看著史密斯的背影，隱隱感到不安。

晚上，怕她悶在宿舍裡會想東想西，陳緗緗和楊欣問她週六要不要出門散心，但即使短短幾天發生了許多事，蕭宇棠仍然沒有忘記，康旭容要她週六上午去保健室找他。

見蕭宇棠神色疲倦，並未立刻回答，蘇盈對兩人使了個眼色：「過幾天再說吧，還是先讓宇棠多休息吧。」

陳緗緗和楊欣表示理解，也體貼地不再打擾。

稍晚蘇盈洗完澡回到寢室，看到蕭宇棠心不在焉地把玩著手環，湊上前問：「妳在想什麼？」

「……沒什麼，只是看到妳送的手環，我就想起很久以前，我曾經借給姜萬倩一條同樣顏色的裙子。」她抬眼凝視蘇盈，「我有沒有告訴過妳，我小時候很喜歡這種鵝黃色？喜歡到連衣服都要挑這種顏色買。」

蘇盈笑嘻嘻地說：「我們太心有靈犀了！我在挑禮物的時候，直覺妳會喜歡鵝黃色。」

蕭宇棠唇角輕勾，呢喃道：「是啊，眞的是心有靈犀。」

凌晨一點，蕭宇棠悄悄地從床上起身，在黑暗中摸索，先替自己測量體溫，測出的數字是四十・九度。

雖然沒有特別的不適，但她受姜萬倩的死影響，儘管服用了康旭容提供的退燒藥，心情卻始終無法平復，發燒也是意料中事。

來到熟睡的蘇盈身邊，蕭宇棠將手輕輕放在她的手背上。

很長一段時間，她都沒有將手挪開。

蘇盈沒想到事情會變成這樣。

在收到宋曉苳的訊息後，她找藉口溜出課堂，因此撞見了永生難忘的一幕。

蘇盈並不認識蕭宇棠，卻無法不妒恨她，只因爲蕭宇棠獲得了她用盡心機也得不到的東西——史密斯的認同。

打從第一眼看到史密斯，蘇盈便淪陷了。她仰慕他、崇拜他，千方百計想要進入他所帶領的武術社，但史密斯非常挑剔，只招收他認爲有潛力的人成爲社員，而蘇盈，並不符合他的標準。

原本武術社是不招收國中部學生的，史密斯卻突然針對國中部學生，開設一堂武術體驗課，言明只要在課堂上通過考核，就能破例提前入社。如果沒有人通過考核也就算了，偏偏國中部有三名學生入選，蕭宇棠就是其中之一。

蘇盈懊悔不已，她認爲是自己在武術體驗課當天罹患了重感冒，以至於表現不佳，才會錯失機會。

此後，蘇盈便對蕭宇棠這個人在意了起來。

特別是另外兩名國中部同學承受不住史密斯的嚴厲，陸續退社後，蕭宇棠卻挺了下來，就此變成了蘇盈心頭上的一根刺，怎樣都無法拔除。

蘇盈不甘心，隔了一年再次提出入社申請，希望他能再對國中部學生破例一次，卻被史密斯打了回票。

「妳八月去爬山，不愼受傷骨折，醫生說妳三個月內都不能進行任何激烈運動，是吧？」史密斯輕揮手中的申請單，「爲什麼妳的申請單上完全沒提到這點？」

「因爲……」蘇盈手心冒汗，要是寫出這件事，史密斯根本不可能讓她入社。

「想要入社，卻不照顧好自己，還刻意隱瞞身體狀況，這樣只會在事後給別人添麻煩。」史密斯面無表情地將申請單退還給她，「況且妳父母已經事先通知學校，要求不准讓妳入社，否則就要向教育部提出投訴。」

蘇盈又再次失去了親近史密斯的機會，還造成史密斯的反感，這對她無異於天崩地裂，當天晚上打電話和父母大吵一架，躲進廁所裡大哭。

她開始愈來愈關注蕭宇棠，留意她的一舉一動，很快就發現蕭宇棠每週都會去保健室一趟。

剛好那個學期德役換了校醫，新校醫是一位名叫康旭容的年輕男子，他斯文白淨的外貌在女學生中掀起不小的話題。

蘇盈覺得蕭宇棠的行徑並不單純，聽到班上同學聊起來時，便不動聲色地加入了討論。

「她是生病了嗎？爲什麼每個星期都要去一趟保健室？」

「誰知道啊？是有人看過她早上偷偷量血壓、測體溫啦，該不會她以此爲藉口，故意接近康醫生吧！」一個女同學撇撇嘴，不屑地說。

蘇盈才不管那麼多，她只知道蕭宇棠身體很有可能也有問題，卻留在武術社裡。她迫不及待要揭穿蕭宇棠。

終於讓蘇盈找到了時機，趁只有史密斯一個人待在武術教室時，她鼓起勇氣將自己的猜測告訴他，卻換來史密斯一句：「那又怎樣？」

蘇盈急了，「既然她身體有毛病，爲什麼還能待在武術社？」

「她的情況不一樣。」史密斯冷冷地看了她一眼，說完便逕自走開。

後來傳出康旭容和史密斯不和的消息，以及兩人爲蕭宇棠爭風吃醋的誇張謠言，更是令蘇盈對蕭宇棠越發厭惡。

此外，蘇盈還注意到，連校長吳德因都對蕭宇棠另眼看待。

那是在一次偶然的情況下，蘇盈在教室走廊遇到吳德因，她乖巧地向吳德因問好，一貫平易近人的吳德因，摸了摸蘇盈的頭，誇讚她今天的髮型很好看。蘇盈受寵若驚，然而下一秒，吳德因就掠過她，揚聲呼喚蕭宇棠。

接著吳德因主動走上前去，態度親暱地和蕭宇棠交談，還寵溺地摸了摸蕭宇棠的面頰。

不是蘇盈多心，吳德因看蕭宇棠的眼神，以及觸摸她的動作，都不像是對待一個普通的學生。

憑什麼蕭宇棠是特別的？

滿心的嫉妒無處安放，蘇盈卻毫無辦法，只能和朋友說些酸言酸語，發洩心中的怨怒。

直到宋曉芩出現。

得知蕭宇棠似乎有把柄在宋曉芩手上，蘇盈既好奇又期待，宋曉芩可不像她的外表看起來這麼無害，若宋曉芩能一舉將蕭宇棠推落谷底，那就再好不過。

終於到了那一天，她匆匆趕往宋曉芩訊息裡寫的小池塘，但還是太遲了。

她先是聽到池塘的方向傳來巨響，就像是爆炸一樣，嚇得她心臟重重一跳，停下腳步，站在原地呆愣了會，才又拔腿往池塘跑去。

池塘四周白煙籠罩，空氣瀰漫刺鼻的焦味，蘇盈定睛一看，差點驚叫出來。

地上出現一個巨大窟窿，如星光般的餘火在裡頭靜靜燃燒，窟窿裡還倒臥著兩個人。

其中的短髮女孩，上半身血肉模糊，四肢焦黑，臉孔更是四分五裂，死狀淒慘。

另一個身著運動服的長髮女孩卻是毫髮無傷，蘇盈望著她，心中只覺不寒而慄，一度不敢相信自己的眼睛。

長髮女孩竟頂著宋曉苳的臉。

這、這不可能！早上與宋曉苳分開時，她還是一頭俏麗的短髮，擁有長髮的……是蕭宇棠啊！

第二個趕到現場的是康旭容，一見眼前景象，他瞬間臉色大變，脫下身上的白色長袍蓋住短髮女孩殘破的身軀，回頭望向癱軟發抖的蘇盈，厲聲吩咐：「立即通知校長！不許告訴其他人，聽到了嗎？」

蘇盈哭著點頭，連滾帶爬地逃離這個地方。

蘇盈被吳德因留在校長室裡，不准外出，期間她惴惴不安，不斷胡思亂想。吳德因到了很晚才回來，先是溫聲安撫蘇盈，接著試探她究竟看見多少，並要求她不能把這件事說出去。

「妳是可以信任的人，對吧？」

蘇盈像是被催眠似的點點頭。

那天的巨響很多人都聽見了，但都讓學校壓了下來，由於人心惶惶，倒是沒有幾個人注意到蕭宇棠和宋曉苳同時間消失在校園裡。

不久，就傳出蕭宇棠因爲運動過度在廁所昏迷，需要離校休養一段時間的消息，眾人議論幾句便過去了。蘇盈心裡明白，這大概和她那天看到的事情有關，但她誰都不能說。

到了學期末，吳德因將她找去，表示要託付她一項重要的任務。吳德因沒有多做解釋，只說：「宇棠她……出了意外，喪失部分記憶，長相也變了個人，原因還在調查。校長能不能拜託妳，幫忙照顧宇棠，讓她重回校園生活？」吳德因的話證實了蘇盈的猜測，那天她看見的那名長髮女孩果然是蕭宇棠！可是蕭宇棠不僅忘了宋曉芩這個人，還對自己換了張臉渾然不覺。

這太過詭異離奇，但事實擺在眼前，蘇盈不得不信。

由於蘇盈是目擊者，又曾是宋曉芩的室友，算是半個知情人，吳德因打算將她安插在蕭宇棠身邊。

「別讓任何人在宇棠面前提起她長得跟以前不一樣了，好嗎？」

蘇盈雖然爲難，卻又難以拒絕，她曾經對吳德因的重視夢寐以求，如今她終於有機會得到，她不容許自己就此放棄。

於是她點頭答應。

吳德因要她放心，好好陪伴蕭宇棠，剩下的交給她處理。

她溫柔地撫摸蘇盈的面頰，「校長沒看錯人，妳果然是值得信賴的好孩子，我相信妳一定不會讓校長失望的，這是只有我跟妳知道的祕密唷。」

蘇盈心緒激動，宛若置身天堂，她總算能和蕭宇棠一樣，是受人重視的、特別的。

升上高中後，在人爲的安排和蘇盈存心的接近下，她迅速成爲蕭宇棠最好的朋友。

蘇盈不曉得吳德因是怎麼做的，但她發現，國中時蕭宇棠身邊稍微親近的同學，大多都不見了，沒有直升上高中部，而她們現在所在的班級，從外校考進來的新生占了九成，剩下一成的舊生，全是陌生面孔。

不知道是否出於史密斯的堅持，只有武術社維持原樣，但社員即使看見了蕭宇棠，也面不改色，對於她的改變絕口不提。

至於宋曉苳，更彷彿從頭到尾都沒有她這個人存在。

而蘇盈確實做到了吳德因的期望。

她隨時注意著蕭宇棠以及她身邊的人事物，並阻擋任何可能傳入她耳裡的危險言論。

康旭容也囑咐她，若察覺蕭宇棠身上出現不對勁，就要立即向他報告。

一開始，蘇盈很享受被兩人看重的虛榮及優越感，但日子一久，「因爲蕭宇棠才被需要」的這種想法在她心裡滋生，她意識到，在那兩人面前，她只是一個可供利用的工具。

倘若不是爲了維護蕭宇棠的祕密，她什麼也不是。

蘇盈更敏銳地感覺到，史密斯將蕭宇棠趕出武術社，並且處處針對她，其實是另一種關心蕭宇棠的方式。憑她對史密斯的了解，他不是如此小心眼的人，他會這麼做，肯定有其用意。

光是想到這裡，蘇盈心中的妒火，幾乎就要將她的理智燃燒殆盡。

她就是無法理解，爲何他們會爲蕭宇棠做到這種地步？

蕭宇棠的祕密到底是什麼？她和宋曉苳的死又有什麼關聯？就算只有短暫的一瞥，但蘇盈怎樣也忘不了那幕恐怖的畫面，她可以肯定，那個短髮女孩，也就是宋曉苳，已經死了。

會不會宋曉苳的死，就是蕭宇棠造成的？

而且爲什麼宋曉苳的家人和璟詠國中都沒有來追查宋曉苳的下落？這都是吳德因隻手遮天？還是康旭容和史密斯也有份？蕭宇棠憑什麼讓他們爲她做這麼多？

妒忌和憤怒不斷滋養著蘇盈心中的惡意，她只想狠狠地扒下蕭宇棠的臉皮，將她做過的事公諸於世，讓所有人看到，蕭宇棠這個人所擁有的一切和她的臉一樣，都是假的！

她也想知道，被人保護得好好的蕭宇棠，要是發現眞相，她還能活得這麼自由自在嗎？以及接下來又會發生什麼事？

一旦有了危險的念頭，就再也停不下來了。

但好不容易獲得吳德因的信任和另眼相待，蘇盈不想失去，所以她不能親自動手，於是她輾轉想到了姜萬倩。

宋曉苳說過，只要嚇嚇她，姜萬倩就會很聽話。

這樣的人很適合當一枚棋子。

蘇盈很快寄了一封匿名的恐嚇信給姜萬倩。

爲了讓蕭宇棠更墜入迷霧，她警告姜萬倩不許提供宋曉苳的照片給蕭宇棠，一下子就揭露眞相，那就不好玩了，要像貓捉弄老鼠，一次一次、一點一點地把玩著，那才有趣嘛。

姜萬倩果然很聽話，沒過幾天，蕭宇棠就收到了姜萬倩的來信。

蘇盈偷偷觀察蕭宇棠，只見她似乎不放在心上，皺著眉頭讀完信，就將信撕毀扔進垃圾桶。

姜萬倩沒有放棄，過一陣子又再寄了封信來。

這次蕭宇棠讀信的時間明顯長了些，卻仍然沒有動作。

就在這晚，蘇盈注意到一件奇怪的事。

陳緗緗放在共用櫃上的馬克杯，突然掉落地面摔得粉碎，寢室所有人都圍了過去，蕭宇棠卻沒有任何反應，僵硬地躺在床上面向牆壁。

然而蘇盈注意到，蕭宇棠正背對著她們悄悄拭淚。

這讓蘇盈不禁想起，蕭宇棠收到第一封信的那天，強颱吹破了她們寢室的玻璃窗，當時蕭宇棠也哭了。

蘇盈心生異樣，隔天就去到了保健室。

她有些心虛，畢竟這只是她毫無來由的懷疑，也有可能只是巧合。

康旭容卻認眞聽完了她說的話，還問她：「如果再出現類似的情況，妳會怕嗎？還願意繼續跟她當室友嗎？」

這有什麼好怕的？況且如果不跟蕭宇棠住在同一間寢室，她怎麼近距離觀察她？

「當然願意呀。」蘇盈不假思索便答，並好奇地打探，「不過，宇棠會哭、寢室裡的東西會破，這跟她收到信有關嗎？」

康旭容沒有正面回答，反問：「妳知道寄信人是誰嗎？」

蘇盈裝傻，「我不清楚耶……那是宇棠的私事，我不好多問。」

康旭容沉吟了會，最後只提醒她，盡量別在房裡擺放玻璃製的物品。

然後，蘇盈和蕭宇棠便單獨搬到了沒有對外窗的新寢室。

在新寢室裡，蕭宇棠收到了第三封信。

蘇盈見了，故意在書桌上擺了一個玻璃小花瓶才去睡覺。

醒來後發現小花瓶還好端端的，蘇盈有些失落地想，難道事情不是她所想的那樣？

一向早起的蕭宇棠，這天卻稀奇地怎麼都叫不醒。

就在她覺得奇怪的時候，冷不防一道清脆聲響，書桌上的小花瓶炸開來，碎成了一塊塊，同時蕭宇棠發出呻吟，眼看就要睜開眼睛。

蘇盈迅速清理掉碎片，在蕭宇棠醒來並詢問聲響的來源時佯裝不知，還出言打趣她，但她沒有忽略蕭宇棠泛紅的雙眼，像是才剛哭過。

蘇盈不禁有點毛骨悚然，更堅信蕭宇棠一定有問題。

在蘇盈推波助瀾下，蕭宇棠和姜萬倩碰面了，看著蕭宇棠的心情大受影響，蘇盈暗自竊喜，也意外得知蕭宇棠曾經動過器官移植手術，這會是吳德因等人特別照顧她的原因嗎？

蘇盈總覺得事情不會如此單純。

蕭宇棠接連出現狀況，蘇盈自然被找去詢問，她早有心理準備，對著康旭容露出緊張的表情，「我不知道這個姜萬倩是從哪冒出來的，事情都過去這麼久了，才來追問宋曉苳的下落。我勸宇棠不要再跟她見面，但萬一姜萬倩繼續糾纏宇棠，那該怎麼辦？」

「我了解了，這事妳不要管，倘若宇棠有任何異狀，立刻向我報告。」康旭容冷靜地說。

「好。」蘇盈隱藏住笑意，乖巧地點頭。

接下來的發展皆按照蘇盈所想，蕭宇棠一點一滴地挖出當年的事，整個人顯得心事重重。

她愈是煩惱，蘇盈就愈是開心，卻還是裝作關心蕭宇棠，協助她「調查眞相」。

正當蘇盈盤算著下一步該如何進行時，傳來了姜萬倩的噩耗。

姜萬倩的死，令蘇盈聯想到宋曉苳。

爆炸、火災，還有莫名毀損的圖書大樓，都與蕭宇棠有關。

蘇盈感到害怕，但看到痛不欲生的蕭宇棠，以及再次全力爲蕭宇棠遮掩一切的吳德因和康旭容後，她內心的恐懼頓時消失無蹤。

甚至覺得，這些遠遠不夠。

蕭宇棠還不曾眞正嘗到不幸的滋味。

她一直被人默默守護著，如今只不過是受了一點點傷，和自己長期承受的痛苦相比，根本不算什麼。

她只是讓太過幸福的蕭宇棠付出一點點代價而已。

✦

深夜時分，蕭宇棠躲到了體育館內。這裡離校舍有一段距離，就算有什麼動靜，也不會引起注意。

一進入館內，她便重摔在地，用力扯住胸口的衣服，發出伴隨哽咽的急促喘息。體內那股幾乎要將她撕裂的可怕力量，再次席捲而來。

明明無風，所有窗戶卻都咯嘎作響，館內兩端的籃球架劇烈晃動，迴盪在偌大的空間裡格外清晰。

蕭宇棠用殘存無幾的意識苦撐著，每當快昏過去，她就用力咬破嘴唇，逼自己保持清醒。

她心裡明白，要是就此閉上眼睛，將會發生比毀掉圖書大樓更嚴重的事。

角落的籃球收納箱應聲倒下，三十多顆籃球四處滾動，並開始自動彈跳，彷彿有無數雙隱形的手在控制那些球。

她一邊承受籃球撞擊地面的刺耳巨響，一邊近乎抽搐地全身顫抖，已經分不清從臉上淌落的是汗水還是淚水。恐懼攫住她的心臟，好幾次她都差點撐不下去。

誰能救救她？

她到底該怎麼辦？

瀕臨絕望的邊緣，意識昏沉之際，她忽而想起過去與史密斯對戰的情景。

和此時的感覺有些相似，面對史密斯帶來的龐大壓力，她只能一次又一次地迎上前，沒有後路可退。

那時他對她反覆大吼的一句話，猶如洪鐘巨響，狠狠撞進她的腦海裡。

「集中精神！」

蕭宇棠深吸一口氣，闔上眼睛。

不再試圖爭取身體的控制權，她全神貫注在每一次呼吸上，回想起史密斯的教導，不要閃躲，而是讓自己的心冷靜下來。

霎時，這股在體內亂竄的力量，竟在這份專注的意念中，一致朝她的心臟匯流而去。

十分鐘後，蕭宇棠胸前的鼓動逐漸平穩，身軀也停止顫抖。

四周復歸平靜，她緩緩睜眸。

除了四散的籃球印證了曾經發生的事，方才體育館內一觸即發的亂流暴動彷彿只是她的錯覺。

幾乎衝破她身體表面的痛苦消失了，但她能感受到體內充滿力量。

怎麼會這樣？

她真的成功了？

她小心翼翼地站起，身體好似沒有重量，整個人前所未有地輕鬆。

空氣穿透她每一個毛細孔，在血管裡快速流動，那種暢快是她從未體會過的奇妙滋味，同時五感提升到極致，她能夠看清黑暗角落的所有物品，也能聽見幾公里外的風吹草動，絲毫不受牆壁阻隔的影響。

她走到其中一顆籃球前，伸出手，再次聚精會神。

籃球違反了地心引力，倏地飛起，重重砸中她騰空的掌心，她嚇得踉蹌退後幾步，驚魂未定地瞪著那顆籃球在失去控制後慢慢停止滾動。

對於發生的一切，她一點真實感也沒有。

直到看見自己倒映在玻璃窗上的赤色眼瞳，她沉靜了下來，而後，像是變魔術般，她的五官產生了變化。

不過幾秒鐘，她變得不一樣了，不再是「宋曉苳」，而是「蕭宇棠」了，唯一不變的，是如火焰般的紅色瞳眸。

她差點就忘了，她原來是這副模樣。

淚水模糊了視線，即使找回了自己的臉，但她知道，有些事已經改變了。

就像沒人告訴她如何找回自己的容貌，她卻做到了。

沒人告訴她怎麼憑空操控籃球，她也做到了。

這些深植在她體內的能力，在這一刻，全然復甦了。

第九章

蕭宇棠在學校仍讓自己維持著宋曉荃的容貌。

武術課上，史密斯叫了蕭宇棠好幾聲，她都沒有反應，蘇盈拍了她一下，她才回過神來。

史密斯命令她出列，在眾人同情的眼光下，史密斯殘忍刻薄地說：「妳最近又惹上不少麻煩了，是吧？聽說妳朋友死了，所以妳現在才一副要死不活的樣子嗎？」

此話一出，蕭宇棠神色僵硬，同學們也顧不得史密斯的威嚴，小聲討論起來。

她沒想到史密斯會當眾提起姜萬倩的死，口氣更如此輕蔑無禮，她頓時感到無法呼吸。

「我不管妳有什麼無聊的苦衷，只要踏進這間教室，我就不容許任何人為一點芝麻小事分心。」史密斯的眼神毫無溫度，「妳做好心理準備了吧？」

無聊？

他憑什麼說這是無聊的苦衷？

憑什麼說姜萬倩的死，只是一件芝麻小事？

他有多冷血，才說得出這樣的話？

一股熱流湧入全身，蕭宇棠攥緊了拳頭。

咬牙切齒瞪向對方的眼睛，她心中沒有半分畏懼，只有越發熾烈的怒火。這是第一次，她有信心可以贏過這個男人，沒有一絲動搖。

她要贏過他，讓他爲自己說的話付出代價！

然而史密斯突然潑了她一桶冷水，「算了，到此爲止。」

蕭宇棠錯愕地看著他。

史密斯的視線越過她，對眾人說：「今天課就上到這裡，除了蕭宇棠，所有人現在馬上離開，不許逗留。」

雖然不明白是怎麼回事，但沒人敢違背史密斯的指令，眾人迅速散去。

等到教室裡再無他人，史密斯走近蕭宇棠，冷冷地說：「妳給我留在這裡反省，下課鐘響前，不准出來。」

望著史密斯的背影走遠，蕭宇棠一頭霧水，方才占據全身的熾熱能量，已如潮水般從她體內完全退去，只剩尚未平息的心跳聲還迴盪在耳邊。

課後，陳緗緗和楊欣忿忿地爲她打抱不平。

「怎麼有人這麼沒有同理心！美國大兵實在太過分了。」陳緗緗氣呼呼地說。

蘇盈想也不想便附和：「對啊，我對他超失望的！」

蕭宇棠瞥了她一眼，沒有相信蘇盈的話。會眞心站在她這一邊的朋友，也許只有陳緗緗和楊欣了。

但是她沒料到那一天，會是她最後一次看見她們在一起。

向來要好的陳緗緗和楊欣，爆發了激烈的爭吵。

陳緗緗在教室裡對楊欣大吼大叫，抓起課本瘋狂地砸向她，歇斯底里的模樣驚動許多人，引起不小騷動。

原因竟然是陳緗緗發現楊欣背著她和她的父母聯繫，時間長達半年，陳緗緗非常憤怒，而她這一鬧，也暴露了她們交往的事情。

「楊欣太誇張了。」回到寢室後，蘇盈無奈地說，看起來對兩人的關係似乎一點也不驚訝。

蕭宇棠問：「妳知道她們在一起？」

「當然知道，這麼明顯，我只是沒揭穿罷了。」蘇盈聳聳肩，又嘆了一口氣，「這下緗緗肯定會和楊欣分手了，緗緗好可憐，她一定很難過。」

見她將矛頭全指向楊欣，蕭宇棠不禁皺眉：「妳沒想過楊欣爲什麼要這麼做？」

蘇盈冷哼一聲，「不管她有什麼理由，背叛緗緗就是不對！況且她最清楚緗緗有多恨她爸媽，但她還是這麼做了，緗緗怎麼可能不生氣？對緗緗來說，這件事比出軌還嚴重。」

她反問蕭宇棠：「難道妳站在楊欣那一邊？」

「我沒有站在誰那邊，但楊欣也是我的朋友，總該聽聽楊欣的解釋。」

「解釋？」蘇盈露出不可思議的表情，「還要解釋什麼？楊欣用最惡劣的方式背叛緗緗是事實，再聽她解釋有意義嗎？我對她很失望，甚至不曉得以後還能不能再相信她這個人。」

見蕭宇棠沉默不語，蘇盈話鋒一轉：「宇棠，最近發生太多事，妳先不要想太多。我去看一下緗緗，回來再跟妳說。」隨後起身走出房間。

人緣甚好的楊欣，在和陳緗緗鬧翻後，便陷入了一個尷尬的境地，沒有人願意理會她、和她說話。眼看著楊欣愈來愈消沉，蕭宇棠想上前關心，然而蘇盈時時刻刻盯著她，她擔心蘇盈以此向陳緗緗挑撥離間，躊躇了半天，不知該如何是好。

楊欣察覺到蕭宇棠的心思，開始躲避她，不但下課時不見蹤影，連傳訊息也已讀不回。

時間來到星期五，蕭宇棠還是聯絡不上楊欣，卻收到了康旭容的訊息，提醒她別忘記明天上午在保健室見面的約定。

自她在圖書大樓昏迷兩天後醒來那次，她就沒再見到康旭容了。盯著手機螢幕看了許久，她遲遲沒有回覆。

這時，楊欣也傳來了訊息。

「宇棠，明天可以在宿舍頂樓見個面嗎？我有話想跟妳說。」

她沒有考慮太久，便以臨時與楊欣有約爲由，向康旭容表示想延後見面的時間。康旭容已讀後過了很久，才同意她的請求。

✦

隔天一早，蕭宇棠上到宿舍頂樓，就看到楊欣站在圍牆前對她揮手。

「謝謝妳，宇棠，現在大概只有妳還願意理我了。」楊欣淡淡地笑。

「別這麼說。妳還好吧？」看到好友變得這麼憔悴，蕭宇棠也很傷感，「妳和緗緗到底是怎麼回事？」

「就像她所說的，這半年來，我瞞著她和她爸媽聯繫，告訴他們緗緗的近況。」

「爲什麼要這麼做？」

「因爲我不想緗緗跟她爸媽的關係繼續惡化。」楊欣望著遠方，「緗緗的爸媽其實很關心她，過去他們用了比較激烈的方式，逼迫緗緗和前女友分手，傷了她的心，她爸媽爲此感到後悔，也有在反省，緗緗卻堅決不肯原諒。難道她要爲此恨她爸媽一輩子？這樣對她眞的好嗎？我實在看不下去，我甚至想過要帶緗緗一起離開。」

「離開……妳是說轉學？」蕭宇棠愣住。

「對，緗緗繼續待在德役，只會離她的父母愈來愈遠。」楊欣停頓片刻，像是下定了決心，眼神多了幾分凝重，「接下來我說的話，可能會讓妳不高興，我明白妳將德役當成了自己的家，妳很尊敬校長，視她爲心靈支柱。可是坦白說……我沒辦法用和你們一樣的眼光看她，我認爲德役大多數的學生都被她『洗腦』了，變得偏激、沒有自我，這讓我極爲害怕。」

楊欣把話說得很重，她以爲會迎來蕭宇棠的憤怒，一時不敢直視對方。過了好一會，她才鼓起勇氣看向蕭宇棠，好友平靜如常的神態反令她心生疑惑，「妳沒生氣？」

「沒有。」蕭宇棠十分心平氣和，「妳想說什麼，就儘管說吧。」

楊欣因此神情放鬆了些，「妳還記得我跟妳說過，緗緗的好朋友向緗緗前女友的家長告發了她們的戀情，最終害得她們分手嗎？」

蕭宇棠點點頭，楊欣接著說下去：「我之前告訴妳，緗緗的那個好朋友離開了德役，事實上，她的離開並非出於自願，而是被霸凌到不得不轉學。她所遭受的霸凌，不是眞正意義上的拳打腳踢，是大家從此不把她當作一個人，徹底否決她這個人存在的意義。」

楊欣嘲諷地笑了：「我的意思妳懂嗎？」

「妳能想像不再被別人信任的感覺嗎？能想像當自己決心改過卻失去了所有機會

的絕望嗎？這些都是吳德因一手造成的，是她那該死的謬論，教育出一群不像『人』的怪物。」

劉父哀慟的面容自腦中一閃而過，蕭宇棠沒辦法反駁，她知道楊欣口中說的不只是陳緗緗的前女友，還有楊欣她自己。

「而我觀察到，這一切竟然和校長脫不了關係。校長表面上對學生非常好，竭盡心力，一視同仁，但若是學生犯了『不可原諒的錯』，就再也無法得到她的關愛。所謂不可原諒的錯，就是『背叛』，而校長也默許眾人對於背叛者的漠視與霸凌。背叛者在這所學校是待不下去的，沒有人會再接納他們……就像現在的我。」

聽到這裡，蕭宇棠也猜到了楊欣的意圖。

「難道妳打算……」

楊欣這次是釋然地笑了，「嗯，我下週就要轉學了。老實說，我是因爲緗緗才會留在德役，既然我們分手了，也就沒有繼續待下去的理由……雖然捨不得妳和蘇盈，但總有再見的一天。」

她停頓了一下，眼中浮現倦色，「這兩年來，我努力地配合妳們，假裝自己也認同校長的想法，之前劉治桀自殺，我跟妳們一起笑他、指責他，可我心裡很清楚，學弟之所以會死，確實是校長害的，就如同他爸爸所做出的指控，是校長的作爲導致了悲劇發生。」

蕭宇棠抿唇不語。

「如果我從十三歲就進入德役，或許我也會變得跟大家一樣，但我不是，所以我才能察覺校長灌輸給大家這樣的觀念有多病態。那些跟著校長一起『制裁』背叛者的人，並不是不會犯錯，只是隱瞞得比較好而已，畢竟一旦被視作背叛者，不論背後有什麼理由或苦衷，等待著你的將會是全校師生的冷漠以待；甚至要是今天緗緗原諒了我，明天她就會變成大家唾棄的對象。背叛者是永遠不能被原諒的，妳明白嗎？」

蕭宇棠低聲問：「緗緗是因爲壓力，才不敢正大光明與妳和好？」

楊欣苦笑搖頭，「這個理由要成立，前提是她決定原諒我，但這是不可能的。她恨我入骨，我怎麼解釋都沒有用，她只會認爲我背叛她，而不是爲了她著想。」

蕭宇棠沒有接話，從陳緗緗這幾日的態度看來，她明白楊欣說的是對的。

「這件事就這樣了。」然而楊欣還是忍不住紅了眼眶，「我今天找妳，是爲了另一件更重要的事。我想了很久，覺得必須在我離開德役前，讓妳知道這個祕密。」

蕭宇棠點頭，「妳說。」

楊欣緩慢且慎重地說道：「其實……我曾聽緗緗說過關於妳的一件怪事。她說妳國中的時候長得和現在完全不一樣，不過妳好像毫無所覺，還是照常生活。」

楊欣神情忐忑，小心翼翼地觀察蕭宇棠的表情，見她沒有過激反應，才又往下說：「我以為緗緗在跟我開玩笑，但她認眞地囑咐我千萬不能說出去，更不能在妳面前提起，她說所有知情且散播消息的人，都沒有好下場，過去就有人因此被退學。」

蕭宇棠驚愕，「有人因為這件事被退學？」

「嗯，妳在容貌上的改變太大了，要說沒人發現是不可能的，可是誰也不敢公開議論。據說有個男同學曾經在學校論壇發文，還上傳妳以前的照片為證，沒過兩三天，論壇的文章被刪除，他也因為竊取導師辦公室的重要物品被退學了。」

一股強烈的寒意籠罩蕭宇棠全身。

「妳的意思是，他其實是公開了我過去的照片，才導致退學處分？偷竊行為只是故意栽贓？」

「我不知道，但這太過巧合了，不是嗎？而且妳不會感到奇怪嗎？為什麼學校官網、論壇，還是社群網路上，都找不到一張妳國中時的照片？為什麼妳國中同班同學，大多都離開了德役？」楊欣深吸一口氣，「宇棠，除了校長，沒人能做到這般一手遮天，我的推論雖然沒有根據，緗緗也不肯再多言，但這所學校對妳的過去略微知曉一二的人，全都收過來自校長的警告，包括緗緗。」

楊欣的話再一次證實了蕭宇棠心裡的猜測，但她仍不免受到衝擊，她看著楊欣眞摯的神色，啞聲問：「妳為什麼要跟我說這些？」

楊欣柔聲說：「我看得出來，儘管妳也愛戴校長，可妳依然保持妳的善良，沒有受校長影響，喪失自我判斷能力，變得像其他同學那樣令人心寒，所以，我不想讓妳繼續被蒙在鼓裡。我認爲，就算眞相再匪夷所思、再讓人難以接受，妳應該也寧願得知眞相，而非生活在謊言裡。」

蕭宇棠久久無法言語，原來姜萬倩死後，還是有朋友以眞心待她。

「宇棠，我很抱歉，在妳悼念朋友的這段時間，還跟妳說這些事，增添妳的煩惱。」

蕭宇棠搖頭，「沒這回事，我很高興妳能跟我說。其實在這之前，我已經知道自己的長相和以前截然不同了。」

楊欣詫異，「眞的？」

「嗯，我也是最近才發現的，而這件事，同樣是祕密。」蕭宇棠含淚一笑。

這一天，她們在頂樓聊了很久，像是要將心裡的話一次說完，她們都明白，下一次能夠這樣聊天，可能是很遙遠的以後了。

離別時，兩人不忘給彼此一個深深的擁抱。

之後，楊欣就這麼離開了德役。

✦

蕭宇棠沒能爲楊欣的離去消沉太久，就捲入了一樁校園醜聞之中，成爲眾人議論的焦點。

學校官網的訪客留言板，被人匿名留下大量聳動的言論，內容全與蕭宇棠有關。不但指明了蕭宇棠的班級姓名，更爆料她和校醫康旭容長年利用學校保健室幽會，校長吳德因明明知情，卻縱容兩人的不倫關係，甚至連武術老師史密斯也與蕭宇棠有一腿。史密斯和康旭容之所以不合，就是爲了蕭宇棠爭風吃醋，最後蕭宇棠選擇了康旭容，史密斯對她由愛生恨，於是處處找她的麻煩。

這些留言雖然很快就被校方刪除，但爲時已晚，各種小道消息不到半天便在全校廣爲流傳。

第二天，學務主任來到了蕭宇棠的班級。

「蘇盈。」他直接點名，「和我到學務處一趟。」

學務主任在上課時間親自到班上找人，代表事態嚴重。蘇盈滿是錯愕，在眾目睽睽下被帶走。

很快地便傳出，在學校留言板上匿名抹黑蕭宇棠的人，就是蘇盈。

蘇盈矢口否認犯行，但校方找來過去與她交情不錯的女同學作證，從國中開始，蘇盈便不滿學校老師過分偏愛蕭宇棠，時常在背後中傷她。

「我沒有，妳憑什麼血口噴人？」蘇盈勃然大怒。

「誰血口噴人？妳以前本來就很討厭蕭宇棠，常常在我們面前罵她。妳現在表面上裝作是她的好朋友，私下捅她一刀也不是不可能。」女同學不甘示弱地回擊。

蘇盈堅決不認，當場和女同學吵了起來，直到學務主任出示一段監視器畫面。

校方從留言者的**IP**紀錄，查到犯人的位址是在電腦教室裡，根據留言時間調閱監視器，拍到了當時唯一一個從電腦教室裡走出來的人。

而那確確實實就是蘇盈本人。

除了她以外，那段時間，沒有任何學生待在電腦教室。

蘇盈臉色慘白，死命搖頭，激動地為自己辯護：「不是我，這是栽贓，是誣陷！我是冤枉的。有人想要害我，這個人根本不是我！」

然而證據確鑿，沒有人相信蘇盈的話。

德役校規規定，學生做出嚴重損害校譽之行爲，一律退學處分。

下午蘇盈在教官的陪同下，神情憔悴地回到教室收拾東西，她的父母已經等在校門外，準備帶她離開。

看到蕭宇棠，蘇盈突然張牙舞爪朝她撲去，隨即被教官制止。

「是妳害的，都是妳害的！」蘇盈面目猙獰，歇斯底里放聲尖叫：「妳這個怪物，殺人兇手！是妳殺了宋曉芝和姜萬倩！蕭宇棠，妳不是人，妳是怪物！是妳殺了她們！妳去死吧，去死吧！」

蘇盈被拖出教室後，她淒厲的咆哮聲仍響亮地迴盪在走廊上。

瞬間蕭宇棠的心跳彷彿停止了，全身僵硬，不敢迎向眾人的目光。

晚上，空蕩蕩的寢室只剩下蕭宇棠一個人，蘇盈的個人物品被清理得一乾二淨，蕭宇棠卻覺得她的吶喊還留在這裡。

她頓時感到無法呼吸，不願再多看，轉身踏出寢室，在校園裡漫無目的地走著，無意間瞥見一個再熟悉不過的高䠷身影，她不禁一愣。

是康旭容。

而他行進的方向……是校長室！

意識到這點，蕭宇棠悄悄尾隨在康旭容身後，看著他走進校長室，蕭宇棠放輕步伐，屏息來到緊閉的門扉前。

蕭宇棠閉上眼睛，集中精神，門後的談話聲清晰得如同他們就在她耳邊交談。

「都處理好了？」吳德因問。

「嗯，但姜萬倩才剛出事，楊欣轉學，蘇盈又跟著離開，可能會影響到宇棠的情緒……而且蘇盈在離去前，當著全班同學的面，指責宇棠害死宋曉芝和姜萬倩，多少會爲宇棠帶來一些困擾。」康旭容的聲音毫無波動。

「蘇盈這孩子果然很危險，幸好及時解決了，我再找時間安撫宇棠，這幾天就麻煩你照顧她了。」

「應該的。不過，蘇盈在網路上造謠是怎麼回事？」

「我讓人安排的，影片也動了手腳。」吳德因語氣慢條斯理，好似在說一件稀鬆平常的事，「雖然謠言會傷害到宇棠，但長痛不如短痛，讓她認清蘇盈，也是爲她解決一個心腹大患。」

「的確是。」康旭容停頓一下，「您現在要過去了？」

「是啊，那孩子已經失蹤兩天，我現在要出發去見他父親。若宇棠有任何狀況，隨時跟我聯絡。」

聽到這裡，蕭宇棠緩步後退，悄無聲息地步出這棟大樓。

✦

翌日中午，蕭宇棠來到保健室。

「我發燒了。」她的語氣聽不出情緒。

康旭容用耳溫槍測量出四十一度，便拿出退燒藥讓她服用，過沒多久再重新檢測，確定她燒退了。

「我好睏，想在這裡睡一下。」她說。

「好，去睡吧。」

十五分鐘後，康旭容進到診療室，女孩已然沉沉睡去。

他輕輕地拉過她的一隻手，置於身側，執起酒精棉球在手肘處消毒，然後拿起準備好的針筒。

針頭即將扎入她肌膚的那一刻，蕭宇棠猛然睜開眼睛，反手抓住男人，幾幅畫面在電光火石間傳遞到她腦中。

她看見康旭容不只一次趁著她熟睡時偷抽她的血，她也看見紅色的液體順著點滴流入了他的身體，以及他將她慣於服用的紅色退燒藥分批裝入白色罐子裡，交給吳德因……

蕭宇棠坐起身，一瞬也不瞬地望進男人寫滿驚愕的雙眼。

「康旭容。」她冷冽開口，「你拿我的血做了什麼？」

還沒能回應，熾熱的強勁風壓便將他整個人彈飛出去，四周牆面出現一道道巨大裂痕，物品被吹落在地，現場彷彿颶風掃過，一片凌亂。

重重撞上牆壁後滑落在地，康旭容渾身癱軟，無法動彈。

蕭宇棠下了床，一步步走近他。

「你給我吃的藥，是怎麼來的？」她俯視著他，「你在圖書大樓找到我的那天，讓我喝了你的血對吧？那和你給我吃的退燒藥有什麼關聯？」

近距離對上那雙美麗得令人恐懼的血色眼瞳，康旭容徹底驚呆住，幾乎說不出話來。

「宇棠，妳……」

蕭宇棠雙手勒住了他的脖頸，硬生生截斷他的話。

「你和校長似乎瞞著我許多事。」她咬牙切齒，「你們就那麼怕我想起來，是我殺了宋曉芟，還忘了自己原先的長相，因此不惜將蘇盈冠上莫須有的罪名，把她趕出德役？」

康旭容遏制不住驚訝，「妳恢復記憶了？」

蕭宇棠哂笑，淚水盈滿眼眶，「不但恢復了，我還清楚你和校長背地裡做了多少骯髒可怕的事。你們就那麼不把人命當回事？不惜掩蓋宋曉芟死亡的眞相，還將蘇盈安插到我身邊，用完了就隨手丟棄，你們知道這會毀了她的人生嗎？不只是她……還有多少無辜學生因你們而受害，你們到底有什麼目的？想拿我做什麼？」

「宇棠，妳冷靜點，妳聽我……」蕭宇棠加諸在他脖子上的力道愈來愈重，他開始低喘，表情痛苦。

「我很冷靜，也很清醒，甚至從來就沒有這麼清醒過，我應該要殺了你，就像殺死宋曉芗那樣，反正我這個怪物已經殺了三個人，不差多你一個。」蕭宇棠滿臉是淚。

康旭容擠出氣音說：「宇棠，妳不是怪物。」

「我不是嗎？」她在他眼前變回原本的容貌，又哭又笑，「那你要怎麼解釋你所看到的？我的眼睛變成紅色之後，不僅可以隨心所欲地變化容貌，我擁有的力量更可以讓你一聲不響地死在這裡。我知道我手上沾滿了鮮血，也願意用生命去償還，既然你和校長從頭到尾都是知情的共犯，那就一起陪我去死吧！你是要像宋曉芗一樣被炸得四分五裂，還是被倒塌的校舍活活壓死，現在選一個吧。」

「宇……」

被蕭宇棠掐住脖子的康旭容，漸漸呼吸困難，說不出完整的語句，猛地劇烈咳嗽，幾滴鮮血落在了蕭宇棠的手上。

蕭宇棠胸口一震，下意識鬆開手，卻立刻被他緊緊捉住，力道之大，幾乎要將她拉入懷裡。

「妳不是怪物。」他咬緊牙根，聲音嘶啞孱弱，「眞正的怪物，不是妳。害死宋曉芗和姜萬倩的……其實另有其人。這不是妳的錯。」

還來不及釐清他話裡的意思，蕭宇棠聽到數十公尺外，有兩個人正往這個方向走。

她掙脫他的手，最後看了康旭容一眼，什麼話都沒說，轉身跑了出去。

✦

蕭宇棠的身邊接連發生壞事，蘇盈臨走前那句「怪物」，像是下了詛咒般，引發許多人心中的不安，蕭宇棠開始被班上同學隱隱排除在外，連曾經的好友陳緗緗也未再主動靠近她。

她毫不在意，生活一如往常。

「下一個，蕭宇棠。」

她依言出列，走向史密斯，準備進行柔術考試。

「近日眞是什麼怪事都有。」史密斯氣定神閒翻著計分簿，「什麼時候爲了一個學生和別人爭風吃醋，我自己都不曉得。」

史密斯看似輕鬆的一句玩笑話，卻凍結了現場的氣氛，學生噤若寒蟬，不少人偷偷瞄向蕭宇棠。

教室門忽然被拉開，眾人的視線轉集中到門口，看清來者之後，起了一陣小騷動。

「史密斯老師，很抱歉，打擾你上課。」康旭容脖子裹著紗布，說話有些吃力，「可以將蕭宇棠借給我一個小時嗎？」

三角師生戀的主角們同時在場，學生們紛紛露出看好戲的神情。

「康醫生，我們正在考試。」史密斯一手放在腰際，語氣冷冽，「如果沒有合適的理由，我恐怕無法答應你。」

「蕭宇棠前陣子受了傷，不能參加考試，傷患不聽勸，我這個醫生只好親自來逮人了。」接著，康旭容命令道：「蕭宇棠，出來。」

蕭宇棠靜靜地站在原地，誰都沒有理會。

「出來！」

康旭容一聲喝斥，嚇得其他學生肩膀一縮，蕭宇棠心中也爲之一凜。

最後在史密斯清冷的目光下，她咬唇走了出去。

「跟我來。」

康旭容帶著她朝保健室的方向走去。她沉默地跟在他的背後，一路無話。

一進到保健室，康旭容便鎖上了門。

蕭宇棠神色警戒，「你想做什麼？」

「妳不接我電話，也不讀我訊息，我只能直接過去找妳。」康旭容平靜地望著她，「就算妳恨不得殺了我，也等看完我給妳的東西，再動手也不遲。」

間。

男人從抽屜裡取出一疊頗具分量的信件，信封邊緣泛黃，似乎被放置了一段時

她接過信件翻看，每封信的收件者都寫著自己的名字，她撫摸著信封上熟悉的筆跡，顫抖地問：「這是什麼？」

「這些是妳家人寫給妳的信。」

印證了心中的猜測，蕭宇棠如遭雷殛，「什麼意思……這是怎麼回事？」

「妳的家人自始至終都沒有拋棄妳，只是被迫和妳斷了聯繫。我瞞著吳德因，私下藏匿了這些信件，爲的就是有一天親手交給妳。」

見蕭宇棠震驚得無法反應，他嘆了口氣，低聲說：「妳先看完這些信再說吧。」

當康旭容再次進到診療室，蕭宇棠已經泣不成聲，眼淚滴落在弟弟寫給她的信上。

「爲什麼要沒收我的信？」她憤怒至極，「我的家人明明想見我，爲什麼校長要騙我？爲什麼她讓我以爲我被拋棄了？你還知道些什麼？你們不是一夥的嗎？」

「我的確和吳德因串通，我必須這麼做，才有機會把妳帶走。」康旭容坐在她身邊，輕輕握住她的手，對上她不解的眼神。

「宇棠，妳仔細聽好了。」他嚴肅地說道：「我會盡快帶妳離開德役，在此之

前，妳不能表現出半點異樣，尤其不能引起吳德因的懷疑，明白嗎？」

聽到要離開德役，蕭宇棠頗爲意外，「爲什麼？」

「妳再不走，或許就沒機會了。打從一開始，吳德因就決定把妳拘在身邊一輩子，不論是剝奪妳的親人，還是爲妳安排住處、朋友，爲的就是將妳操控在掌心裡。」康旭容徐徐道來，「這些早在妳來到德役之前，就計畫好了。」

蕭宇棠很快抓住康旭容話中的重點。

「你的意思是……我進入德役就讀，也是校長一手策畫的？」

「對，這幾年我假意聽從吳德因，爲她做事，目的就是取信於她，並獲得我所需要的情報。我早有打算帶妳離開，卻因姜萬倩出事而耽誤，先前我曾經說有話想告訴妳，就是指這件事。如今不能再拖下去了，我們得趁她不在學校，趕緊逃離這裡。」

「等一下，我聽不懂。爲什麼校長要這麼做？」蕭宇棠懵住了，突然間想到了什麼，「難、難道跟我的身體……跟我這奇怪的能力有關？」

「對，事實上，妳的能力，還有妳爲何三番兩次夢見那個陌生的小男孩，甚至是那個男孩的身分，我都一清二楚，而這一切，和妳過去動的胰臟移植手術有關係。」

蕭宇棠茫然，「那個手術有什麼問題嗎？」

「不是手術有問題，而是捐胰臟給妳的人有問題。」康旭容深吸一口氣，「吳德因是始作俑者，她隱瞞眞相，將有問題的捐贈者的器官，移植到其他生病的孩子身上，妳就是其中一個。所以眞正害死宋曉芠和姜萬倩的人，是吳德因，並不是妳。」

蕭宇棠表情一片空白，「這麼說……除了我，還有其他人也擁有這樣的能力？」

康旭容肯定地頷首。

「他們也在德役嗎？」她感到背脊發涼。

「不，目前在德役的只有妳，若無意外，吳德因之後也會安排其他孩子陸續過來。」他握著她的手力道加重，「幾年前有人發現了吳德因的計畫，卻來不及阻止。那個人拜託我，無論如何都要從她手中救出你們。」

「那個人是誰？」她不禁好奇。

「是一個對我很重要的人。」康旭容澄澈的眼眸閃過一絲痛楚，「他就像是我的親弟弟，但是他已經不在了。」

「那……」蕭宇棠問出自己百思不得其解的疑惑，「爲什麼宋曉芠的爸媽不曾追究她的死因？那是一條人命，不是輕易可以交代過去的。」

「那是因爲宋曉芠的父親也不是什麼正派人物，吳德因掌握了他掏空公司資產的證據，並給了他一筆錢，脅迫他們一家離開台灣，移居國外，再也不准回來。」

「她憑什麼這麼做？」蕭宇棠瞠目結舌。

「妳對吳德因的瞭解太少了，她和許多權貴人士有利益往來，手握不少人的把柄，只要她願意，讓一個人從此消聲匿跡不是難事，就像宋曉芠。」

蕭宇棠發現自己從來都沒有看清過吳德因，她手腳發冷，悚然心驚。

「背後牽涉的事件錯綜複雜，以後有機會，我再一一向妳說明。」康旭容匆匆帶過，「現在有更重要的事要做，宇棠，妳想不想見妳的家人？」

蕭宇棠急切地點頭。

康旭容欣慰地笑了，「那就去找他們吧。聽好，這個週末妳一個人去，必須當天來回，而且妳不能與他們相認，等妳回來，我會立刻帶妳走。」

「為什麼我不能直接回到他們身邊？」她急得喊出來。

「妳不僅不能回到他們身邊，更不能讓吳德因發現妳去找過他們，否則他們很可能又將捲入危險與不幸。經過這些事，妳應該很清楚不能低估吳德因的可怕，為了得到妳，以及其他像妳一樣的孩子，她可以不擇手段傷害更多無辜的人。」

他放柔了聲音，「宇棠，我知道妳很難受，可是為了保護妳的家人，不得不如此。我向妳保證，只要妳好好活著，總有一天，我一定會讓妳和家人團聚。」

過多的訊息讓蕭宇棠措手不及，她只覺得天翻地覆，淚水撲簌簌落下。

「你為什麼不早一點告訴我？」她哽咽道：「你明知道靠近我有多麼危險，卻還鼓勵我和萬倩見面。如果你不這麼做，我就不會害死她了。」

「是我的錯。我不忍心看妳在吳德因的控制和影響下，逐漸變成一個冷酷的人。」康旭容眼神黯然，「我私心希望，妳能交到真心的朋友，像個普通孩子一樣，過著單純快樂的生活，保有妳體貼善良的本性。」

康旭容將痛哭流涕的她擁入懷中，在她耳邊沉痛地說：「對不起，害妳承受這麼大的痛苦。雖然不得不欺騙妳，但有一件事我不曾騙過妳，我說過，我會永遠守著妳，無論現實有多殘酷，我都不會讓妳獨自面對，我發誓。」

很長一段時間，蕭宇棠只聽得見自己的哭聲，以及男人溫暖的心跳聲。

冷靜下來後，她也慢慢在自己的回憶裡，找到一些蛛絲馬跡，證明吳德因的確別有用心。

「我們之間有某種緣分，第一次在學校見到妳我就知道了。宇棠，妳還有其他與妳一樣，和我存在著相同羈絆的孩子，才是我眞正的『親人』。」

當時吳德因口中的其他孩子，就是和她一樣，曾經接受過特殊器官移植手術的孩子吧。

蕭宇棠認爲，吳德因所謂的「羈畔」必然有著特殊意義，這和那位有問題的器官捐贈者有關嗎？還是吳德因也曾動過移植手術？

但是吳德因爲什麼要這麼做？

而她在夢中看見的那個漂亮男孩，該不會就是……

一股強烈的寒意湧上心頭，蕭宇棠用力閉上眼睛，沒有勇氣再想下去，只能等康旭容之後為她解開謎底。

讀完家人的信，縱然再不捨，她還是聽從康旭容的建議，將所有信件銷毀，避免任何可能被發現的危險。

✦

聽到房門口有腳步聲徘徊不去，蕭宇棠走過去開門。

拿著兩罐飲料，遲遲不敢伸手敲門的陳緗緗就站在門口。

還沒吐出半個字，她就哭成了淚人兒，許久才有辦法說出一句抱歉。

蕭宇棠將她拉進房，陳緗緗愧疚地說：「對不起，宇棠……我只是不知道怎麼面對妳，蘇盈跟我說，妳也認為楊欣做得對，我很生氣，對妳很不諒解。後來蘇盈被退學，臨走前又說了那樣的話，我、我就……」

她說不下去，低頭等待蕭宇棠的反應。

「妳現在還生我的氣？」

陳緗緗用力搖頭。

「妳覺得我很可怕嗎？」

陳緗緗哭哭啼啼坦承：「我是怕過妳，但我更怕失去妳……我們不是說好要永遠做好朋友嗎？楊欣、蘇盈都走了，要是再沒有妳，我就真的成了孤單一人。宇棠，是我錯了，我不該那樣對妳，妳原諒我好不好？」

要是現在跟陳緗緗和好，她還能毫無留戀地離開這座囚牢嗎？

德役雖然為她帶來無數的痛苦回憶，但也曾有過歡笑，想到必須丟下陳緗緗遠走高飛，蕭宇棠心中不禁一陣抽痛，卻什麼都不能對陳緗緗透露。

她們四個人曾經在這個房間裡，說好要當一輩子的好朋友，然而短短不到一年，那樣美好的情誼已分崩離析，再無重來的可能。

✦

回家的前一天晚上，蕭宇棠來到宿舍頂樓，撥出一通視訊電話，手機螢幕裡很快出現一張清秀的面孔。

對方一看見蕭宇棠的臉，眼中浮上疑惑，「妳是？」

「我是宇棠，妳聽得出我的聲音嗎？」她微笑。

楊欣驚詫地掩住了口，「妳是宇棠？這是怎麼回事？妳的臉……」

「妳不是已經知道我換過長相了嗎？這才是真正的我。」見螢幕裡的楊欣眼睛瞪得大大的，蕭宇棠有些歉然，「對不起，把妳嚇壞了，但我無論如何都想讓妳看看我眞實的模樣。」

她俏皮地吐舌，「這眞的是我，我可沒有套用什麼美顏APP唷。」

再三確認後，楊欣忍不住顫聲問：「宇棠，怎麼會這樣？妳到底……」

「抱歉，我現在無法解釋，也請妳什麼都別問。」蕭宇棠低聲說，「我身邊只有妳一個朋友願意跟我說實話，不想我被矇在鼓裡，這對我而言意義重大，所以我想用自己最眞實的模樣向妳道謝。」

楊欣不知不覺眼眶漸濕。

「我想像過眞正的妳會是什麼模樣，果然妳跟我想的一樣漂亮呢。」楊欣破涕爲笑，語氣眞摯，「我會記得妳眞正的樣子的。要是時光可以重來，我希望我們能在一個更好的地方相遇。」

「我也是。」蕭宇棠眼角噙著淚光，對螢幕輕輕揮手，「拜拜，楊欣。」

「拜拜，宇棠。」

結束與楊欣的最後一通電話，她抹去滑落的淚水。

蕭宇棠慢慢地走下樓，遠遠就看見寢室房門半敞開著，她馬上跑過去，發現陳緗緗就坐在蘇盈的書桌前滑手機。

「對不起，宇棠，沒打招呼就進妳房間。」見她神色緊張，陳緗緗連忙道歉：

「我以爲妳去洗澡了，門又沒鎖，就先進來等妳，我嚇到妳了嗎？」

「沒有，妳找我有事嗎？」蕭宇棠稍微定下心來，幸好不是被其他可疑人士闖入。

「我來找妳聊天啦，也想問妳明天有空一起去逛街嗎？不過……」陳緗緗的視線往蕭宇棠的書桌桌面飄去，「我不小心看到妳桌上擺著往返離島的機票資料，日期就在明天，妳怎麼突然要去那裡？」

「因爲……最近發生太多不愉快的事，心情很悶。剛好在網路上看到這座小島的旅遊宣傳，就想出去散散心。」蕭宇棠一邊說出臨時編造的謊言，一邊把康旭容爲她準備的機票資料收起來。

「哇，好棒，那妳回來再跟我說那邊好不好玩，如果好玩，下次我們一起去。」陳緗緗不疑有他，「但妳當天來回，時間會不會太趕？怎麼不乾脆週日再回來？」

「我有想過，但週日回程的班機機位已經客滿，乾脆省下旅館錢。」說了一個謊就要用更多的謊來圓，蕭宇棠微微出汗。

「哈哈，說得也是，要不要我去機場接機？」

蕭宇棠深深看著她，「不用啦，妳只要幫我保密，不要讓舍監知道就好，不然她一定會問東問西。」

「當然，妳放心吧。」陳緗緗擠眉弄眼，「不過我有個條件。」

「什麼條件？」

「幫我帶個紀念品回來。」

蕭宇棠爽快答應，「沒問題。」

兩人相視而笑。

第十章

搭上週六第一班飛往離島的班機，不到一個小時，蕭宇棠就抵達家人居住的清幽島嶼。

她騙了陳緗緗，她這次離開就不會再回到德役了。康旭容叮囑她，今天返回本島後，直接到他家會合。她內心極爲歉疚，但也只能在心裡默默與陳緗緗道別。

蕭宇棠從背包取出先前康旭容交給她的一張紙，上面寫著六個數字。

「記住上面的數字，要是妳來找我時有突發狀況，可能用得上，記住後就把紙條扔掉，別留在身上。」他說。

反覆默背確認牢記後，她撕毀紙張，並丟棄在機場的垃圾桶裡。

雖是假日，離島機場的旅客也是三三兩兩，機場外車子寥寥無幾，與都市截然不同的清新空氣讓她覺得身心舒暢。

搭乘機場排班計程車前往目的地，小島並不大，不到十分鐘，她就來到位於港口附近的一棟透天厝。

外頭裝設代表理髮店的三色旋轉燈，一樓大門向外敞開，舊式的建築採光不佳，沒開燈的情況下看不清楚裡頭的情景，似乎沒人在家。

雖然是第一次來到這裡，但這裡是她的家。

都到家門口了，蕭宇棠反而怯步不前，這時一名男子的聲音忽然在背後響起：

「小姐，有事嗎？」

她嚇一跳，轉頭撞見穿著一身釣魚裝備的中年男子。

將近五年不見，父親臉上多了許多皺紋，頭髮也全白了。

止不住顫抖的她，情急之下編了個理由：「我、我想洗頭，過來看看有沒有營業。」

如果能換張陌生人的面孔，自然是最好的，但她透過甦醒的能力知道，目前她只能繼續沿用宋曉芠的面容示人，只是她的家人過去也認識宋曉芠，爲了保險起見，她不得不戴上口罩。

「十一點才開門喔，老闆娘出去買菜還沒回來。」蕭父笑得眼睛瞇成一直線，上下打量背著背包的蕭宇棠，「妳不是這裡的人吧？觀光客？」

「對，我……我來這裡旅遊。」她手心冒汗。

「這樣啊，那妳先去別的地方走走，晚點再過來吧。」蕭父態度親切，說完就打算轉身離開。

蕭宇棠下意識脫口問出：「你要去哪裡？」

「我？」蕭父一愣，指著港口，「我要到那邊釣魚呀。」

她厚著臉皮跟隨蕭父一同前往。

海面在陽光的照射下熠熠生輝，夾帶鹹澀海水味的冷風不斷撲向她，卻無法冷卻她躁動不已的心。

像在做夢一樣，她坐在父親身邊，看著他釣魚，和他說話。

「看叔叔釣魚不會無聊？」

蕭宇棠搖頭。

蕭父頗意外，「妳喜歡釣魚嗎？」

「喜歡。」她懷念地說，「小時候，我爸爸偶爾會帶我去釣魚。」

「哈哈，那不錯，我以爲女孩子對釣魚沒什麼興趣，妳要不要試試看？」

她接過蕭父手中的釣竿，一邊等待魚上鉤，一邊和蕭父聊天。

「妳還是學生嗎？今年幾歲了？」

「十七。」順口答出時，她驚覺不妙，希望蕭父不會注意到這個巧合。

「妳才高中啊？怪不得看起來很年輕。」所幸蕭父並無多想，雙目望向無垠的大海。

蕭宇棠看著父親滄桑的側臉，情不自禁想再跟他多說點話，主動開口：「請問你一直住在這裡嗎？」

「不完全算是吧，我是四年前搬過來的。」蕭父爽朗答道，沒有因爲她是陌生人而有所顧忌，「我太太身體不好，所以我帶她來這裡休養。這裡很純樸，是個好地方，很適合我們生活。我兒子也在這裡讀書。」

蕭宇棠沒再就這個話題追問，深怕一不小心會觸及父親內心的傷痛。

「欸欸！上鉤了！」

蕭父的叫聲讓她回神，她手上的釣竿驀地變得沉重，還不停地向下墜。

蕭宇棠手足無措，只能緊抓著釣竿。

「慢慢收線，穩住不要急。對，不要用力提竿，這樣線才不會斷！」蕭父大聲指示，手拿網子，從旁協助她將魚撈上岸。

「今天運氣不錯。」成功釣到一隻石斑魚，蕭父很高興，接著又若有所思地補上一句，「好像是跟女兒一塊釣魚呢。」

蕭宇棠心跳加速，喉嚨乾澀，「你有女兒嗎？」

「有啊，她跟妳一樣大，正在本島念書。聽妳說和爸爸一起釣過魚，我就想起我女兒了。她小的時候，我也會帶她去釣魚。」蕭父淡淡地笑了。

兩人閒聊到快十一點，她跟著蕭父回到住處，一樓理髮店的燈光亮起，見到他們回來，屋裡的婦人迎了出來。

再多的心理準備在這一刻都派不上用場，蕭宇棠的心臟彷彿被一雙手緊緊掐住，她貪婪地看著母親，母親變化不多，依然一派溫柔婉約，只是身材清瘦了些，但看起來很健康。

蕭宇棠不知不覺熱淚盈眶。母親的每一個眼神，每一個笑容，都在撕扯著她的心，她幾乎要脫口說出自己的身分。

聽完蕭父的介紹，蕭母熱情招呼蕭宇棠坐下，要爲她洗頭。

可這麼一來，她就必須在他們面前摘下口罩。儘管已時隔多年，但她不確定蕭父蕭母是否仍能認出宋曉芟的臉。

洗頭本來只是個藉口，現在卻成了讓她騎虎難下的困境，蕭宇棠正想推拒，蕭母已經拿著毛巾準備就緒。

面對蕭母的微笑，蕭宇棠說不出拒絕的話語，只能硬著頭皮脫下口罩，果不其然，她從鏡中瞥見蕭母驚訝的表情。

「哎呀，妳……」蕭母眨眨眼，「妳長得好像我以前認識的一個孩子，難道妳是曉芟？」

「不是耶，阿姨妳認錯人了。」蕭宇棠裝傻，一臉茫然樣。

「我想也是，我記得那個孩子的聲音很細又很甜。啊，阿姨不是說妳聲音不好聽喔。」

「我知道。」蕭宇棠忍俊不禁。

蕭母的雙手輕柔地在她髮間搓揉按摩，母女間久違的互動令她心裡軟成一片。從前她常向母親撒嬌，要母親幫她洗頭，並綁出各式各樣漂亮的髮型，班上的女同學常為此羨慕不已。

在與母親的閒聊間，她不忘謹慎用詞，避免穿幫。

「妳是搭幾點的班機回去？」蕭母問。

「兩點半。」

「那剩沒多少時間了耶。」

「對啊。」到現在還沒見到蕭仕齊，她不免略微焦急，「那個……我剛才聽叔叔說，你們有個兒子，他不在嗎？」

「他早上去補習，等等就回來了。」

「週末還要補習？真用功。」

「嗯，他想考上理想的高中，一直很努力。」

「他想考哪所高中？」她順勢問下去。

「他呀……」蕭母語速明顯慢下，笑容淡了些，「他想考德役，就是那所很有名的私立學校，妳應該聽說過吧？」

蕭宇棠映照在鏡裡的面孔頓時血色盡失。

蕭仕齊想去德役念書？為什麼？

她腦中一片混亂，無法思考，這時蕭母喚她起身沖水，她只能強壓住心中的震驚，笑容勉強地答應。

洗完頭後，蕭宇棠不捨就此離去，何況她還未見到弟弟，便藉口要借用洗手間，一個人關在裡頭，著急得不知該如何是好。

她沒想到弟弟竟會有這個念頭。

要是他眞的考上了德役，那該怎麼辦？

五分鐘後，蕭宇棠步出洗手間，想向蕭母打聽更多消息，卻不愼與來人迎面撞上，滾燙的液體潑了她一身，她驚呼出聲。

抬頭對上男孩烏黑的瞳眸，她的心臟猛地重重一跳，慌亂地低下頭，讓頭髮遮住自己的容貌。

「怎麼了？」蕭母走近。

男孩朝發話的母親望過去，蕭宇棠趁機拿出口罩重新戴上，避免被他認出宋曉芠的臉。

見到她的毛衣和褲子都沾上了奶茶的污漬，蕭母大驚失色，「仕齊，你的奶茶灑到人家身上了？」

「對不起，我不是故意的。」蕭仕齊臉上閃過些許慌張，他手裡從超商買來的奶茶只剩半杯。

「怎麼辦？妳有哪裡燙傷嗎？」蕭母拉著她關切地問。

「我沒事，是我不好，是我突然跑出來才會撞上他。」蕭宇棠解釋道。

「眞的很抱歉，我拿乾淨的衣服給妳換。仕齊，你快把地上清一清。」蕭母帶她上樓，去到主臥室。

「妳穿長裙嗎？」蕭母翻找衣櫃。

「嗯……」蕭宇棠有些心不在焉，眼神專注地盯著雙人床後方的照片牆，每一張都是她的照片，從她嬰兒時期到長大成人的照片都有，甚至還有幾張是她穿著德役制服的照片。

「我盡量挑了適合妳的衣服，妳在這兒換上吧。」蕭母遞給她一件看起來很新的毛衣和一條素色長裙。

「謝謝妳。」蕭宇棠的目光無法從照片牆上移開，「請問，照片上的人……」

「噢，那是我女兒。」蕭母靦腆地笑了，「因爲某些原因，我和我女兒已經很久沒見面了，所以我把她的照片貼在牆上，就好像隨時都能看著她。我女兒是德役的學生，我兒子會想考德役，就是他姊姊的關係。」

聽到樓下蕭父的呼喚，蕭母不好意思說道：「我先下樓，等等再幫妳清洗換下來的髒衣服，我會趕在妳離開前處理好的。」

蕭母關上了門，她卻遲遲沒有動作，只是呆呆凝視著那些照片。

一直到眼淚模糊了視線。

換好衣服回到一樓，蕭仕齊正坐在椅子上看書，聽到聲響，蕭仕齊朝她的方向看過來。

有了口罩的遮掩，這次她總算可以從容打量蕭仕齊，當年那個年紀小小就非常懂事的弟弟，已長成了成熟穩重的少年。

蕭母過來向她道歉，由於島上唯一一家洗衣店沒有營業，而蕭家沒有烘衣設備，即便洗好衣服，也來不及晾乾，蕭母請她留下聯絡方式，想之後再把衣服寄過去，但蕭宇棠婉拒了。

「不用這麼麻煩，我帶回去洗就行了。」她反倒向蕭母要了住址，等回去後，再將身上那套借穿的服裝洗過寄回。

蕭母連連擺手，要她不必介意，並熱心地問：「搭機前還有沒有打算去哪走走？」

她並沒有做功課，一時也不知道有哪些景點，便問：「我想買些紀念品，請問附近有推薦的店家嗎？」

「碼頭那邊的紀念品店還算公道。仕齊，你帶她過去好嗎？」

蕭仕齊乖巧點頭：「好。」

有了與弟弟單獨相處的機會，蕭宇棠難掩緊張。

弟弟的個性還是像小時候一樣木訥，行爲舉止倒是多了分沉穩的味道，和同齡的男孩不太一樣。

途經超商時，蕭宇棠停下腳步，請蕭仕齊稍候片刻，自己則進超商買了一杯熱奶茶。

「剛才奶茶都潑灑出來了吧，這杯賠你。」

蕭仕齊有些無措，「但我弄髒了妳的衣服……」

「那無所謂，是我太冒失了，不是你的錯。」蕭宇棠淡淡地說，想藉此稍微與蕭仕齊拉近距離。

在禮品店挑選紀念品時，她不動聲色地出言試探弟弟內心的想法。

「聽你媽媽說你想考德役高中？」爲了不讓他產生戒心，她又補充道：「我也有朋友在德役讀書，如果你需要，我可以聯繫對方，請他從過來人的角度給你一點建議。」

「我是想過要考德役……」蕭仕齊停頓一下，「不過我打算放棄了。」

蕭宇棠怔住，「爲什麼？」

蕭仕齊遲疑片刻才答：「我是爲了見我姊姊才想考德役。但後來又想，就算我考進去，姊姊也畢業了，好像沒什麼意義。」

「可是……」蕭宇棠眼神閃爍，終於忍不住問道：「如果你想見你姊姊，爲什麼不直接去德役找她？」

這是她始於想不明白的地方。

這幾年來，那麼思念著她的家人，爲何從不曾到德役找過她？

吳德因能攔下他們的信，卻阻止不了他們到學校來啊。

「姊姊不願意見我們。」蕭仕齊語出驚人地表示，「因爲我的緣故，導致姊姊和我們斷了聯絡，爸爸媽媽從此再也見不到姊姊。」

這與她的認知南轅北轍，蕭宇棠驚詫之餘，也感到萬分心痛，她連忙轉開眼神，怕會在弟弟面前哭出來。

「是誰這麼告訴你的？」她心裡其實猜到了七八分。

「是德役的吳校長，過去我們家碰上了一些困難，是吳校長對我們伸出援手，不僅介紹醫生爲媽媽看病，提供獎學金讓姊姊進入德役念書，連我們搬到這裡，也是吳校長的建議。吳校長幫了我們很多忙，我們全家都很感謝她。」

太多太多的情緒漲滿胸口，她頓覺一陣暈眩。

「那……你有什麼話想跟你姊姊說嗎？」她用力眨眼，逼退漫上眼眶的水氣，「我可以請我德役的朋友幫你傳話。」

蕭仕齊眼睛微微一亮，似乎是被打動了，但性格穩重的他仍思考許久，才像是終於下定了決心，緩緩開口。

「幾年前，我身上發生過一些事情……不是姊姊的錯，可是姊姊好像誤會了。」蕭仕齊面無表情地說：「吳校長說，姊姊認為我會出事都是她害的，她非常痛苦，不知道怎麼面對我們。我想和姊姊道歉，是我傷害了姊姊，希望她能原諒我。」

這怎麼會是你的錯！蕭宇棠好想抱住弟弟，跟他說沒這回事，但她什麼都不能說，也不能做。

許是埋藏在心底的心事太深、太苦澀，一旦對人啟了個頭，就再難壓抑傾訴的欲望，蕭仕齊繼續說下去：「我有想過，姊姊不想見我，可能還有另一個原因。我曾經在姊姊住院準備動手術時，偷偷剪爛掛在她病房、祈求她手術順利的千紙鶴，但我不是生她的氣才這麼做的……我擔心姊姊發現了這件事，以為我恨她，才會避不見面，信也不回。」

蕭仕齊低下了頭，「爸爸因為把姊姊一個人留在那麼遠的地方，一直對她心懷愧疚，連頭髮都白了；媽媽也因為思念姊姊，一想到姊姊就哭，還在房間貼滿了姊姊的照片。我定期會上IG搜尋姊姊的近照，列印出來給媽媽保存，只是最近這兩年，IG上卻再也找不到姊姊的照片，就連過去放上去的都被撤下了。」

儘管對原因心知肚明，她還是問：「為什麼？」

「我也不清楚。我們很擔心會不會是姊姊出事了，吳校長卻要我們放心，說姊姊只是不想再讓自己的照片被放上網路，而姊姊的朋友們也很尊重她這個想法。吳校長答應過我們，等姊姊畢業，就會親自帶她來找我們。」

蕭宇棠捏緊了拳頭，指甲深深刺入肉裡，卻比不上心裡疼痛的萬分之一。

「我很怕姊姊永遠不肯再回來，也想過是不是要瞞著爸媽，偷偷去德役找姊姊，又怕這麼做會造成反效果，但我眞的很想當面告訴姊姊，這一切都不是她的錯，還有，我很想念她。」蕭仕齊眼圈染上淺淺的紅色，緊緊抿住唇角。

那一刻，蕭宇棠幾乎就要不顧一切告訴他眞相。

她恨不得告訴他，她就在他眼前，以及絕對不要去德役，更不要相信吳德因。

與此同時，她驀地想起一段很久以前她和史密斯的對話。

「誰是妳想保護的人？」

「我弟弟。」

「那麼，爲了保護妳弟弟，碰上再辛苦、再痛苦的事妳都能忍耐嗎？」

蕭宇棠顫抖著唇，最終打消了念頭。

很快地，她即將動身前往機場。

蕭父決定開車送她一程，他招呼蕭仕齊一塊去把車開過來。

在門口向母親道別時，母親爲她圍上了一條圍巾。

「今天有點冷，妳多穿一點，不要感冒了。這條圍巾還有這套衣服，就送給妳吧。以後如果有機會再來玩，記得來阿姨家洗頭。」蕭母笑著說。

「嗯，謝謝妳。」蕭宇棠聲音帶著一絲沙啞。

「不客氣。對了，阿姨還不知道妳叫什麼名字？」

她深深凝視母親的臉，「下次來玩時，我會告訴阿姨的。」

「那就這麼說定嘍。」聽到蕭父按喇叭的聲音，蕭母提醒她，「快上車吧，不然來不……」

蕭宇棠冷不防張開雙臂緊緊抱住母親，而後又馬上鬆手，「謝謝妳，我走了，請妳好好保重。」

「妳也是，路上小心。」蕭母雖然驚訝，卻也綻開笑容。

到了機場，蕭宇棠問蕭父能否和他握手道別，蕭父笑著同意了。

和父親一起在港口釣魚的早晨，以及此刻他手心的溫暖，她不會忘記。

碰巧看到認識的人，蕭父走過去寒暄，蕭宇棠轉頭問蕭仕齊：「你姊姊叫什麼名字？」

「蕭宇棠。」

「我向你保證。」她看著他，「你想對你姊姊說的話，我一定會傳達給她。」

蕭仕齊先是一愣，隨即露出一抹笑，這時蕭宇棠身後的人不慎擦撞到她，她一個踉蹌往蕭仕齊倒去，蕭仕齊及時接住了她。

就和摟住母親一樣，蕭宇棠趁機不著痕跡地給了弟弟一個幾秒鐘的擁抱。

「對不起。」

「沒關係啦。」

聽到弟弟這句回應，她心頭一震，霎時熱淚盈眶。

她最疼惜的弟弟，還是那麼溫柔體貼，從來就沒有改變過。

與摯愛的家人道別後，她在飛機上把臉埋進圍巾，嗅聞著母親的味道，哭到不能自已。

不可原諒。

不但拆散她和家人，還編造了一個又一個謊言，讓她和家人都活在思念彼此的痛苦之中。

這輩子，她都不會原諒吳德因。

✦

回到台北後，蕭宇棠頂著一雙哭腫的眼睛，準備去找康旭容。

即將通過自動門，進到機場國內線到站大廳時，一個站在接機人群最前方的身影，讓她驚得迅速縮回腳步，躲至牆邊，心臟劇烈跳動。

吳德因？

爲什麼她會在這裡？

亂了方寸的蕭宇棠，二話不說便打電話給康旭容，卻無人接聽。

她改傳訊息：「你在哪裡？」

想不到，對方馬上已讀了，並回傳：「我在到站大廳等妳。」

蕭宇棠瞬間察覺不對勁。

吳德因人就在外面，康旭容若是同樣置身機場到站大廳，不可能沒看見，那麼，他爲什麼要這麼說？

她再次撥打電話，仍舊未被接聽，她馬上會意過來是怎麼回事了。

康旭容的手機在吳德因手上。

吳德因可以假傳訊息，卻不能接電話，否則她盜用他手機一事就會穿幫。

這也表示康旭容出事了。

但是吳德因怎麼會知道她的行蹤？除了她和康旭容，應該不可能有人知道……

一股寒意刹那間從蕭宇棠的腳底竄至頭頂，她整個人如墜冰窟。

是陳緗緗。

她這才發現自己有多傻，沒了蘇盈，吳德因自然可以安插第二個人到她身邊，一心一意崇拜吳德因的陳緗緗，理所當然是最適合的人選。

眼下進退兩難，沒時間陷在遭到背叛的情緒裡，蕭宇棠急中生智，傳訊回覆對方自己有事耽擱，沒有趕上飛機，會改搭下一班機回來，旋即將口罩戴好。

她向機場工作人員借了一把剪刀，然後衝進廁所，對著鏡子將一頭長髮剪至肩膀。

但她仍不敢大意，選擇跟在一家人的旁邊，假裝是同行的旅客。

一出自動門，她就看到了吳德因，吳德因身旁還有幾名身材壯碩，穿著西裝的陌生男人。

吳德因的視線輕輕掃過蕭宇棠，沒有駐留，就轉到了別處，她明白自己成功騙過了吳德因的眼睛。

安然踏出機場後，她立即坐上計程車，直奔康旭容的住處。

下了車，她震驚地發現康旭容的住處大門敞開，屋內空無一人，到處都有像是被翻找過，以及打鬥過的痕跡。

她不斷呼喊他的名字，卻得不到回應，心慌意亂得就快要哭出來。

莫非他遭到了什麼不測？

她咬緊牙根，逼迫自己冷靜下來，好好想辦法。

沒多久，憑藉敏銳的聽力，她來到廚房，停在掛著日曆掛軸的牆壁前方，牆後持續傳來微弱的聲音。

她移開掛軸，看到一個內鑲的電子密碼鎖。

定睛望去，原來這裡有一道不刻意尋找不會發現的暗門，蕭宇棠呆了呆，想起康旭容要她牢記的六位數字。

依序按下651275，電子鎖發出「嗶」的一聲，蕭宇棠輕輕一推，順利將門打開。

不到兩坪的狹小密室裡，除了一張電腦桌和一把椅子，其他什麼家具也沒有。

那股細小的聲音，來自電腦桌上的時鐘，而時鐘旁邊則擺放著一台電腦和幾本資料夾。

來過康旭容家多次，她從不知道他家中有這樣一個祕密空間。

只是康旭容並不在這裡。

她隨手抽出一本資料夾翻看，裡頭全是剪報，中英文皆有。

剪報內容讓蕭宇棠愈看愈專注，也愈看愈驚悚。

這些全是世界各地離奇爆炸及火災事故的報導，並且都有著相似的共通點。

粗略翻閱完，她回到第一頁的剪報，細讀十六年前，日本橫濱的一起民宅爆炸案。

這起事故造成三死十二傷一失蹤，屋主一家四口中三人罹難，二十歲的長女卻不知去向。

翻開下一頁，便是該名女子被發現溺斃在河裡的後續追蹤報導，這起案子在當時引發不小關注，新聞媒體大肆跟進調查。路邊的監視器拍下女子在家裡爆炸後，穿著睡衣渾身是血，跌跌撞撞走在街道上的畫面。

弔詭的是，她身旁的街燈一個個接連爆破，之後女子便不見蹤影。住在附近的住戶表示，爆炸當時，不僅聽到了玻璃破裂的聲響，同時也發生了地震，他們還以爲那場爆炸是地震造成的。然而根據氣象局提供的資料顯示，當晚該區並沒有地震。

女子是從橋上墜河致死，卻無法得知是自殺還是失足意外，經過警方調查，女子只是一名普通的女大學生，除了半年前因爲肺衰竭，做過單肺移植手術，並無特殊之處，平日精神狀態正常，行爲也不見任何異狀。

除了日本以外，巴西、柬埔寨、倫敦、開普敦、芝加哥等地都曾發生過類似事故，皆是由爆炸引起的火災意外，並造成傷亡。

在倫敦的報導中，一名三十五歲的非裔男子在機場的速食店購買餐點，突然間癲狂地痛苦大叫，不久整間餐廳被炸得支離破碎，共計二十七人死亡，五十八人受傷。

男子被視作恐怖分子，在追捕的過程中遭警方開槍擊斃，事後調查，男子的背景尋常無奇，但他生前也曾做過器官移植手術。

蕭宇棠不禁冷汗直流，心跳如鼓。

這是怎麼回事？

爲什麼在世界各地，發生過那麼多類似的事件？

康旭容會將這些報導整理在一起，就說明了這不是單純的巧合。

難道有問題的器官捐贈者，不是只有當年捐胰臟給她的那一個？

蕭宇棠放下資料夾，瞧了眼處於休眠狀態的電腦，她伸手移動滑鼠，螢幕亮了起來，電腦桌面上是一張照片。

那是康旭容和一名男子的合照，兩人都非常年輕，感覺才二十出頭。

蕭宇棠隨即認出，那是她在康旭容的記憶中看到的那名陌生男子。

「他就像是我的親弟弟，但是他已經不在了。」

康旭容說的重要的人，想必就是他了。

電腦桌面滿滿都是英文資料夾，只有一個資料夾，以中文「伍詩芸」爲名，她好奇點開，裡面共有五個影片檔。

隨手點擊一個影片，便跳出康旭容和一名年輕女孩的視訊內容。

「還有再做夢嗎？」康旭容的聲音從影片中傳出。

「沒有。」滿臉雀斑的女孩對著鏡頭搖頭，神情憔悴，「夢見那個小男生後，我就再也沒睡過覺了，吃安眠藥也沒有用。」

「除了睡不著，身體還有沒有其他異狀？」

「我也搞不清楚這算不算異狀……從我夢到那個男孩後，我就開始發燒，精神卻一天比一天好，頭腦清晰，不管再遠的聲音都聽得見，受傷也能很快痊癒。我男友不相信我已經整整一個月沒睡覺，他說我很可怕，我也這麼覺得，我的身體好像出了什麼毛病……」

影片在女孩徬徨無助的哭泣及康旭容對她的安撫中結束，蕭宇棠逐一點開資料夾中的影片，從中得知這個看似與她年紀差不多，名叫伍詩芸的女孩，在美國就讀高中，她不可思議的經歷竟與自己幾乎完全吻合。

播放最後一段影片時，蕭宇棠被眼前的駭人景象嚇了一跳。

「醫生，你看我。」

螢幕裡的伍詩芸渾身是血，眼珠是深邃的紅。

「我殺了人，我剛剛殺人了！」她情緒崩潰，哭得慘烈。

「妳慢慢說，到底怎麼了？」康旭容語速飛快。

「我、我不知道。平常欺負我的那些同學，今天又來找我麻煩，她們將我拖到廁所，想脫我的衣服，我拚命抵抗，結果……結果壓在我身上的人，突然爆炸了，變成一堆四分五裂的肉塊，其他人也渾身焦黑倒在地上，我、我就逃走了，我……」

「妳先冷靜，我現在就去找妳，妳等我過去！」康旭容喊。

「來不及了……我受不了了。」她喃喃自語，話說得語無倫次，「是我殺的……我一從鏡子裡看到我的眼睛，我就明白是我殺掉她們的……警察會找上我的，我完蛋了……哈哈哈……」

伍詩芸掏出一把手槍，抵住自己的太陽穴。

康旭容震驚大吼：「詩芸，妳做什麼？」

「醫生，請你相信我，我真的沒瘋，從我夢見那個小男孩開始，我的身體就告訴我，我再也不是正常人了。我今天殺了第一個人，將來我還會殺死更多人。早知如此……當初我就不要做那個手術，直接病死最好，那樣我就不會這麼痛苦，更不會害死別人了……」

她哭著擠出一絲微笑，「再見，康醫生。」

接著一聲巨響，伍詩芸的太陽穴出現一個血洞，整個人癱倒在椅子上，睜著紅色的雙瞳氣絕身亡。

蕭宇棠被這一幕嚇得驚聲尖叫，用力摀住嘴，全身顫抖不止。

影片結束後，過了好一會兒，她才有辦法重新翻開那本資料夾，她有印象剛剛看過相關的報導。

那是一篇英文剪報。

時間是五年前，美國亞利桑那州的一所高中，有五名女高中生離奇慘死在廁所裡，而十八歲的台灣留學生伍詩芸涉有重嫌。警方找上門時，她已經在宿舍裡舉槍自盡。

面色蒼白的蕭宇棠，太過專注在這篇報導上，渾然不覺後方的門已被悄然開啟。

「蕭宇棠。」

聽見這聲呼喚，她渾身血液瞬間凍結。

怔怔然回過頭，她不敢置信地望向那個逐步朝自己走近的身影。

此後再也沒有人見過她。

未完待續

後記
我的超能力之夢

不知不覺又一年過去，終於得以再次帶著新故事跟大家見面，而且還是奇幻題材，對此我的心情是興奮的，也是期待的。

先前曾經跟小平凡預告過，我接下來打算寫的，會是跟過去不一樣的類型，如今答案揭曉，不曉得你們會不會感到意外。

我一直都想寫關於超能力的奇幻故事，很高興終於在今年實現了。

至於為什麼會是超能力，大概是因為自幼閱讀奇幻類型小說、漫畫，或者觀看同類型電影、影集時，最讓我印象深刻的都與超能力有關吧。

開始動筆之後，我不由得更佩服起那些奇幻小說作者們了。對我來說，要寫這樣的題材，真的很不容易，跟愛情小說比起來，完全是另一個世界，也讓我產生深切的隔行如隔山之感（笑）。

看完《赤瞳者》第一集，不知道大家有沒有特別喜歡的角色？在第一集中，我印象最深的是宋曉荃，最心疼的則是姜萬倩（結果都不是主角XD），我為這個可憐女孩的結局感到傷感，至於細節，這邊就不多提了。

不多提的原因是，我知道有部分讀者在閱讀正文前，習慣先看後記，所以我盡可能不提太多與劇情有關的事，但很歡迎大家之後能透過社群媒體，與我分享你們最喜歡或最好奇的角色。

《赤瞳者》預計會有四集。如果看完第一集，應該會知道接下來將有其他像蕭宇棠這樣的孩子陸續登場，而在第一集留下的那些懸而未解的疑問，會從第二集逐步揭曉，也會有其他新角色出現，就請各位拭目以待了。

這次的創作體驗算特別，完成第一集後，再讀過校稿，我有一種整個人被「打掉重練」的感覺，但是我覺得這樣很好，也認爲這是好的開始。我會帶著這份感激的心情，繼續往後的創作。

最後一如既往來感謝一下，謝謝又等了我一年的小平凡們。

特別謝謝超級辛苦的雅雯和馥蔓。

謝謝POPO原創，謝謝讓這部作品順利付梓的所有人。

那麼，我們第二集再見嘍。

晨羽

國家圖書館出版品預行編目資料

赤瞳者01記憶／晨羽著. -- 初版. -- 臺北市；城邦原創出版 ：家庭傳媒城邦分公司發行, 2020.06
面；公分. --

ISBN 978-986-98907-4-8（平裝）

863.57　　109007613

赤瞳者01記憶

作　　者／晨羽
企 畫 選 書／楊馥蔓
責 任 編 輯／楊馥蔓、廖雅雯

行 銷 業 務／林政杰
總　編　輯／楊馥蔓
總　經　理／伍文翠
發　行　人／何飛鵬
法 律 顧 問／元禾法律事務所　王子文律師
出　　版／城邦原創股份有限公司
台北市中山區民生東路二段 141 號 6 樓
電話：(02) 2509-5506　傳真：(02) 2500-1933
E-mail：service@popo.tw
發　　行／英屬蓋曼群島商家庭傳媒股份有限公司城邦分公司
聯絡地址：台北市中山區民生東路二段 141 號 11 樓
書虫客服服務專線：(02) 25007718．(02) 25007719
24小時傳眞服務：(02) 25001990．(02) 25001991
服務時間：週一至週五09:30-12:00．13:30-17:00
郵撥帳號：19863813　戶名：書虫股份有限公司
讀者服務信箱 email：service@readingclub.com.tw
城邦讀書花園網址：www.cite.com.tw
香港發行所／城邦（香港）出版集團有限公司
地址：香港九龍土瓜灣土瓜灣道 86 號順聯工業大廈 6 樓 A 室
email：hkcite@biznetvigator.com
電話：(852)25086231　傳眞：(852) 25789337
馬新發行所／城邦（馬新）出版集團 Cité(M)Sdn. Bhd.
41, Jalan Radin Anum, Bandar Baru Sri Petaling,
57000 Kuala Lumpur, Malaysia.
電話：(603) 90563833　傳眞：(603) 90576622
email：services@cite.my

封 面 插 畫／林花
封 面 設 計／Gincy
電 腦 排 版／游淑萍
印　　刷／漾格科技股份有限公司
經　銷　商／聯合發行股份有限公司
電話：(02)2917-8022　傳眞：(02)2911-0053

■ 2020 年 6 月初版
■ 2024 年 2 月初版 10.5 刷
Printed in Taiwan

定價／320元

POPO城邦原創 www.popo.tw　城邦讀書花園 www.cite.com.tw

ISBN　978-986-98907-4-8